Tucholsky Wagner Zola Scott Sydow Freud Schlegel
Turgenev Wallace Fonatne
Twain Walther von der Vogelweide Fouqué Friedrich II. von Preußen
Weber Freiligrath
Fechner Fichte Weiße Rose von Fallersleben Kant Ernst Frey Frommel
Engels Fielding Hölderlin Richthofen
Fehrs Faber Flaubert Eichendorff Tacitus Dumas
Maximilian I. von Habsburg Fock Eliasberg Zweig Ebner Eschenbach
Feuerbach Ewald Eliot Vergil
Goethe Elisabeth von Österreich London
Mendelssohn Balzac Shakespeare Dostojewski Ganghofer
Lichtenberg Rathenau Doyle Gjellerup
Trackl Stevenson Hambruch
Mommsen Tolstoi Lenz Droste-Hülshoff
Thoma von Arnim Hanrieder
Dach Verne Hägele Hauff Humboldt
Reuter Rousseau Hagen Hauptmann Gautier
Karrillon Garschin Defoe Hebbel Baudelaire
Damaschke Descartes Hegel Kussmaul Herder
Wolfram von Eschenbach Schopenhauer
Bronner Darwin Dickens Rilke George
Melville Grimm Jerome Bebel
Campe Horváth Aristoteles Proust
Bismarck Vigny Voltaire Federer Herodot
Gengenbach Barlach Heine
Storm Casanova Tersteegen Grillparzer Georgy
Lessing Gilm
Chamberlain Langbein Gryphius
Brentano Lafontaine
Strachwitz Claudius Schiller Kralik Iffland Sokrates
Katharina II. von Rußland Bellamy Schilling
Gerstäcker Raabe Gibbon Tschechow
Löns Hesse Hoffmann Gogol Wilde Gleim Vulpius
Luther Heym Hofmannsthal Klee Hölty Morgenstern Goedicke
Roth Heyse Klopstock Puschkin Homer Kleist
Luxemburg La Roche Horaz Mörike Musil
Machiavelli Kierkegaard Kraft Kraus
Navarra Aurel Musset Lamprecht Kind Kirchhoff Hugo Moltke
Nestroy Marie de France Laotse Ipsen Liebknecht
Nietzsche Nansen Ringelnatz
Marx Lassalle Gorki Klett Leibniz
von Ossietzky May vom Stein Lawrence Irving
Petalozzi Platon Knigge
Sachs Pückler Michelangelo Kock Kafka
Poe Liebermann Korolenko
de Sade Praetorius Mistral Zetkin

Der Verlag tradition aus Hamburg veröffentlicht in der Reihe **TRADITION CLASSICS** Werke aus mehr als zwei Jahrtausenden. Diese waren zu einem Großteil vergriffen oder nur noch antiquarisch erhältlich.

Symbolfigur für **TRADITION CLASSICS** ist Johannes Gutenberg (1400 — 1468), der Erfinder des Buchdrucks mit Metalllettern und der Druckerpresse.

Mit der Buchreihe **TRADITION CLASSICS** verfolgt tradition das Ziel, tausende Klassiker der Weltliteratur verschiedener Sprachen wieder als gedruckte Bücher aufzulegen – und das weltweit!

Die Buchreihe dient zur Bewahrung der Literatur und Förderung der Kultur. Sie trägt so dazu bei, dass viele tausend Werke nicht in Vergessenheit geraten.

Phantasien im Bremer Ratskeller

Wilhelm Hauff

Impressum

Autor: Wilhelm Hauff
Umschlagkonzept: toepferschumann, Berlin

Verlag: tradition GmbH, Hamburg
ISBN: 978-3-8424-0560-8
Printed in Germany

Text der Originalausgabe

Phantasien im Bremer Ratskeller

Ein Herbstgeschenk für Freunde des Weines

von

Wilhelm Hauff

Den zwölf Aposteln
im Ratskeller zu Bremen

in dankbarer Erinnerung
Der Verfasser
Im Herbst 1827

Guter Wein ist ein gutes geselliges Ding, und jeder Mensch kann sich wohl einmal davon begeistern lassen.

Shakespeare.

»Mit dem Menschen ist nicht auszukommen«, sagten sie, als sie in meinem Gasthof die Treppe hinabstiegen, und ich konnte es noch deutlich hören. »Jetzt will er wieder schlafen von neun Uhr an und leben wie ein Murmeltier; wer hätte das gedacht vor vier Jahren!«

Sie hatte nicht Unrecht, die Freunde, daß sie mich in Unmut verließen. Gab es ja doch heute abend eines der glänzendsten musikalischen, tanzenden und deklamierenden Butterbrote in der Stadt und hatte sie sich nicht alle mögliche Mühe gegeben, mit, dem Landfremden, einen angenehmen Abend dort zu verschaffen? Aber es war wahrhaftig unmöglich; ich konnte nicht gehen. Warum sollte ich einen tanzenden Tee besuchen, wo *sie* nicht tanzte, warum ein singendes Butterbrot, wo ich (ich wußte es zum voraus) hätte singen müssen, ohne von *ihr* gehört zu werden; warum einen trauten Kreis von Freunden durch Trübsinn und finsteres Wesen stören, das ich nun heute nicht verbannen konnte? O Gott! ich wollte ja lieber, daß sie mir auf der Treppe einige Sekunden fluchten, als daß sie sich von neun Uhr bis ein Uhr langweilten, wenn sie nur mit meinem Körper sich unterhielten und bei der Seele umsonst anfragten, die einige Straßen weiter auf Unserer Lieben Frauen Kirchhof nachtwandelte.

Aber das tat mir wehe, daß mich die guten Gesellen für ein Murmeltier hielten und dem Drang nach Schlafe zuschrieben, was aus Freude am Wachen geschah. O nur du, ehrlicher Hermann, wußtest es mehr zu würdigen! Hörte ich denn nicht, wie du unten auf dem Domhof sagtest: »Schlaf ist es nicht, denn seine Augen leuchteten. Aber entweder hat er wieder zu viel oder zu wenig Wein getrunken, das heißt, er trinkt noch welchen und – allein.«

Wer verlieh dir denn diese prophetische Kraft? Oder konntest du ahnen, daß meine Augen wacker waren, weil sie heute nacht alten Rheinwein schauen sollten? Konntest du wissen, daß ich gerade heute von dem Patent und Erlaubnisschein, vom Rate auf meine Person ausgestellt, Gebrauch machen werde, um die Rose und eure zwölf Apostel zu begrüßen? Und überdies, war denn heute nicht mein Schalttag?

Meines Erachtens ist es keine üble Gewohnheit, die ich von meinem Großvater angenommen, nämlich hie und da Einschnitte zu machen in den Baum des Jahres und singend dabei zu verweilen. Wenn der Mensch nur Neujahr und Ostern, nur Christfest und Pfingsten feiert, so kommen ihm endlich diese Ruhepunkte in der Geschichte seines Lebens so alltäglich vor, daß er darüber hinweggleitet ohne Erinnerung. Und doch ist es gut, wenn die Seele, sonst immer nach außen gerichtet, auch ein paarmal auf ein paar Stunden einkehrt im eigenen Gasthof ihrer Brust, sich bewirtet an der langen Table d'hôte der Erinnerung und nachher gewissenhaft die Rechnung ad notam schreibt, wie Frau Hurtig dem Ritter[1] . Der Großvater nannte solche Tage seine Schalttage; nicht daß er etwa ein Bankett veranstaltet mit seinen Freunden, oder den Tag lustig und in Freuden lebte, in Saus und Braus; nein, er kehrte ein bei sich, und seine Seele schmauste in der Kammer, die sie seit fünfundsiebzig Jahren kannte. Noch jetzt, da er längst im kühlen Friedhof ruht, noch jetzt kann ich es seinem holländischen Horaz ansehen, welche Stellen er an solchen Tagen gelesen; noch jetzt, als wäre es gestern geschehen, sehe ich sein großes blaues Auge sinnend auf den vergilbten Blättern seines Stammbuchs weilen; und wie deutlich sehe ich, wie dieses Auge nach und nach sich füllt, wie eine Träne in den grauen Wimpern zittert, wie der gebietende Mund sich zusammenpreßt, wie der alte Herr langsam und zögernd die Feder ergreift und »einem seiner Brüder, der geschieden«, das schwarze Kreuz unter den Namen malt.

»Der Herr hält seinen Schalttag«, pflegten die Diener uns zuzuwispern, wenn wir Enkel laut und fröhlich wie gewöhnlich die Treppe hinanstürmten; »der Großvater hält seinen Schalttag«, flüsterten wir uns zu und glaubten nicht anders, als er beschere sich selbst den heiligen Christ, weil er ja doch niemand habe, der ihm den Christbaum anzünde. Und war es nicht so, wie wir in kindlicher Einfalt glaubten? Zündete er nicht den Christbaum seiner Erinnerung an, flammten nicht tausend flimmernde Kerzen auf, die Lieblingsstunden eines langen Lebens, und schien er nicht, wenn er

---

[1] Falstaff.

am Abend des Schalttages still und ruhig im Sessel saß, sich kindlich zu freuen an den Gaben der Vergangenheit?

Es war sein Schalttag wieder eingetreten, als sie ihn hinaustrugen. Ich mußte weinen, als ich dachte, daß der alte Mann seit langer Zeit zum erstenmal wieder in die freie Luft komme. Sie führten ihn den Weg, auf dem ich so oft an seiner Seite gegangen war. Aber nicht lange, so bogen sie über die schwarze Brücke und legten ihn tief in die Erde. »Nun hält er seinen rechten Schalttag«, dachte ich, »aber wundern soll es mich doch, wie der alte Herr wieder da heraufkommen will, denn sie haben doch viele Steine und Rasen auf ihn hinabgeworfen.« Er kam nicht wieder. Aber sein Bild blieb in meinem Gedächtnis, und als ich herangewachsen war, gehörte es zu meinen liebsten Beschäftigungen, seine feine, offene Stirne, das klare Auge, den gebietenden und doch so freundlichen Mund mir vorzumalen. Mit seinem Bilde stiegen tausend Erinnerungen auf, und seine Schalttage waren mir die Lieblingsstücke in der langen Bildergalerie.

Und ist denn heute nicht der erste September, den auch ich mir zum Schalttag erwählte? Und ich sollte Butterbrot verzehren in einer Gesellschaft und allerlei Arien absingen hören mit beigefügtem Applaus und Gezwitscher? Nein! Heraus mit dir, köstliches Rezept, das kein Arzt der Erde so köstlich mischt! Hinab zu dir, alte, wahrhaftige Apotheke, um »nach Vorschrift jedesmal einen *Römer* voll zu nehmen.«

Es schlug zehn Uhr, als ich die breiten Stufen des Ratskellers hinabstieg; ich durfte hoffen, keinen Zecher mehr zu finden, denn es war Werktag bei anderen Leuten, und draußen heulte der Sturm, die Windfahnen stimmten sonderbare Weisen an, und der Regen rauschte auf das Pflaster des Domhofs. Aber der Ratsdiener maß mich mit fragenden Blicken vom Kopf bis zum Fuß, als ich ihm die Anweisung auf einigen Wein darreichte.

»So spät noch und heute, in *dieser* Nacht?« rief er.

»Mir ist es vor zwölf Uhr nie zu spät«, entgegnete ich, »und nachher ist es wohl frühe genug am Tage.«

»Aber muß es denn –« wollte er eben fragen, doch Siegel und Handschrift seiner Obern fielen ihm wieder ins Auge, und schweigend, aber nicht ohne Zögern schritt er voraus durch die Hallen. Welch herzerquickender Anblick, wenn sein Windlicht über die langen Reihen der Fässer hinstreifte, welche sonderbare Formen und Schatten, wenn es an den Schwibbogen des Kellers zitterte, und die Säulen im dunklen Hintergrunde wie geschäftige Küper um die Fässer schwebten! Er wollte mir eines jener kleineren Gemächer aufschließen, wo höchstens sechs bis acht Freunde, eng zusammen gerückt, den Becher kreisen lassen können. Doch, mit trauten Gesellen liebe ich ein solches heimliches Plätzchen; der enge Raum drängt Mann an Mann, und die Töne, die hier nicht verhallen können, klingen traulicher; aber allein und einsam liebe ich freiere Räume, wo der Gedanke, gleich den Atemzügen, sich freier ausdehnt. Ich wählte einen alten gewölbten Saal, den größten in diesen unterirdischen Räumen, zu meinem einsamen Gelage.

»Erwarten Sie Gesellschaft?« fragte der Mann an meiner Seite.

»Ich bin allein.«

»Sie könnten ungebeten welche haben«, setzte er hinzu, indem er sich scheu nach den Schatten umsah, die seine Lampe warf.

»Wie meint Ihr das?« fragte ich verwundert.

»Ich meinte nur so«, antwortete er, indem er einige Kerzen anzündete und einen großen Römer vor mich hinsetzte. »Man spricht mancherlei vom ersten September, der Herr Senator D. waren übrigens schon vor zwei Stunden da, und ich erwartete Sie nicht mehr.«

»Der Herr Senator D.? Warum? Fragte er nach mir?«

»Nein, er hieß mich nur die Proben herausnehmen.«

»Welche Proben, mein Freund?«

»Nun, die von den Zwölfen und der Rose«, erwiderte der alte Mann, indem er anfing, einige niedliche Fläschchen mit langen Papierstreifen an den Hälsen hervorzuziehen.

»Wie?« rief ich, »man sagte mir ja, ich könnte den Wein von den Fässern selbst trinken.«

»Ja, aber nur im Beisein eines Herrn vom Senat. Darum hieß mich der Herr Senator die Zungenpröbchen herausnehmen, und so will ich sie Ihnen einschenken, wenn's gefällig.«

»Nicht einen Tropfen«, unterbrach ich ihn, »hier kein Glas voll; nein, das ist der echte Genuß, vom *Fasse* zu trinken, und ist es mir nicht mehr möglich, so will ich doch am *Fasse* trinken. Kommt, Alter, nehmet die Probe mit, ich will das Licht tragen.«

Ich stand schon einige Minuten und sah dem wunderlichen Treiben des alten Dieners zu. Bald stand er still, sah auf mich und räusperte sich, als wollt' er sprechen, bald nahm er die Proben vom Tisch und packte sie in seine weiten Taschen, bald nahm er sie zögernd wieder heraus, um sie auf den Tisch zu setzen. Es ermüdete mich. »Nun, sollen wir bald gehen?« rief ich voller Sehnsucht nach dem Apostelkeller[2] . »Wie lange wollt Ihr noch an Euren Gläschen hier aus- und einpacken?«

Der ernste Ton, in welchem ich dies sagte, schien ihm Mut zu machen. Ziemlich bestimmt antwortete er: »Es geht nicht – nein! Heute geht es nicht mehr, Herr!«

Ich glaubte hierin einen jener gewöhnlichen Kniffe zu sehen, womit Hausverwalter, Kastellane oder Kellermeister den Fremden

---

[2] Die berühmtesten Weine des unter dem Rathause (erbaut 1404 bis 1407, die Fassade vom Anfang des 17. Jahrhunderts) befindlichen Kellers sind die in der »Rose« und den Aposteln. Die Rose enthält 1624er–1731er Rheinwein (Rüdesheimer) und Moselweine, in den Aposteln befindet sich Rheinwein der Jahrgänge 1666–1783, und zwar Hochheimer, Rüdesheimer und Johannisberger. Unter der Rose ist hier der nach dem Hauptfaß benannte Kellerraum, sonst dieses Hauptfaß selbst zu verstehen.

Geld abzuzwacken suchen, drückte ihm ein hinlängliches Geldstück in die Hand und nahm ihn beim Arm, ihn fortzuziehen.

»Nein, so war es nicht gemeint«, entgegnete er, indem er das Geldstück zurückzuschieben suchte; »so nicht, fremder Herr! Ich will es nur gerade heraus sagen: mich bringt man nicht mehr in den Apostelkeller in dieser Nacht, denn wir schreiben heute den ersten September.«

»Und welche Torheit wollt Ihr daraus folgern?«

»Nun, in Gottes Namen, Sie können denken davon, was Sie wollen; es ist dort nicht geheuer in dieser Nacht, das macht, es ist der Jahrestag der Rose.«

Ich lachte, daß die Halle dröhnte. »Nein! In meinem Leben habe ich doch so manchen Spuk erzählen gehört, aber einen Weinspuk nie! Schämt Ihr Euch nicht mit Euren weißen Haaren, noch solches Zeug zu schwatzen? Doch hier ist nicht lange zu spaßen. Hier ist die Vollmacht des Senats; im Keller darf ich trinken heute nacht, ohne nach Zeit und Raum zu fragen. Darum im Namen des Rates heiß' ich Euch folgen. Schließet den *Keller des Bacchus* auf.«

Dies wirkte; unwillig, aber ohne etwas zu entgegnen, nahm er die Kerzen und winkte mir zu folgen. Es ging zuerst wieder durch den großen Keller, dann durch kleinere, bis der Weg in einen engern schmalen Gang zusammenlief. Dumpf dröhnten unsere Schritte in diesem Hohlweg, und unsere Atemzüge tönten, wenn sie an den Mauern sich brachen, wie fernes Geflüster. Endlich standen wir vor einer Türe, die Schlüssel rasselten, sie gähnte ächzend auf, der Schein der Lichter fiel in das Gewölbe, mir gegenüber saß Freund Bacchus auf einem mächtigen Weinfaß. Erquickender Anblick! Sie hatten ihn nicht zart und fein dargestellt, die alten Bremer Künstler, nicht zierlich als einen griechischen Jüngling; sie hatten ihn nicht alt und trunken sich gedacht, mit gräßlichem Bauch, verdrehten Augen und hängender Zunge, wie ihn die gemein gewordene Mythe hin und wieder gotteslästerlich abkonterfeit. Schmählicher Anthropomorphismus; blinde Torheit des Menschen! Weil einige seiner im Dienste ergrauten Priester also einhergehen, weil ihnen voll guten Mutes der Leib anschwoll, die Nase von dem brennenden Widerscheine der dunkelroten Flut sich färbte, das in stummer Wonne aufwärts gerichtete Auge stehen blieb – so legten sie dem Gott bei, was seine Diener schmückt!

Anders die Männer von Bremen. Wie fröhlich und munter reitet der alte Knabe auf dem Faß! Das runde, blühende Gesicht, die kleinen muntern Weinäuglein, die so klug und neckend herabsehen, der breite, lächelnde Mund, der sich an mancher Kanne schon versuchte, der kurze kräftige Hals, das ganze Körperchen von behaglichem, gutem Leben strotzend! Ganz besondere Kunst hat aber der Meister, der dich geschaffen, auf Arme und Beinchen gelegt. Meint man nicht, dein kräftiges Ärmlein werde sich bewegen, du werdest mit den runden Fingerchen ein Schnippchen schlagen, und der breite, lächelnde Mund werde sich auftun zu einem muntern Juchheisa, heisa, he! Ist man nicht versucht zu glauben, du werdest im tollen Weinmut die runden Knie beugen, die Waden anlegen, mit den Fersen stauchen und das alte Mutterfaß in Galopp setzen, daß alle Rosen, Apostel und andere gemeinere Fässer mit Hussa und Hallo dir nachjagen durch den Keller?

»Herr des Himmels!« rief der Ratsdiener, indem er sich an mir festklammerte, »seht Ihr nicht, wie er die Augen verdreht und mit den Füßchen baumelt?«

»Alter, Ihr seid verrückt!« sagte ich, einen scheuen Blick nach dem hölzernen Weingott werfend; »es ist der Schein der Kerzen, der an ihm hin und her flackert.« Dennoch war mir wunderlich zu Mute, ich folgte dem Alten aus dem Bacchuskeller. Und war es denn auch der Schein der Kerzen, war es auch Täuschung, als ich mich umsah? Nickte er mir nicht mit dem runden Köpfchen, streckte er mir nicht das eine seiner Beinchen nach und schüttelte und krümmte sich vor heimlichem Lachen? Ich rannte unwillkürlich dem Alten nach und schloß mich dicht hinter ihm an.

»Jetzt zu den zwölf Aposteln« sprach ich zu ihm, »wie sollen uns dort die Proben munden!«

Er antwortete nichts; kopfschüttelnd ging er weiter. Man steigt vom Keller einige Stufen aufwärts zum kleinen Kellerlein, zum unterirdischen Himmelsgewölbe, zum Sitz der Seligkeit, wo die *Zwölfe* hausen. Was seid ihr, Trauergewölbe und Grüfte alter Königshäuser, gegen *diese* Katakomben! Pflanzet Särge neben Särge, rühmet auf schwarzem Marmor die Verdienste des Mannes, der hier einer »fröhlichen Urständ« entgegenschläft, stellt einen schwatzhaften Cicerone an, in Trauermantel und florumhängtem Hute, laßt ihn die absonderliche Herrlichkeit dieses oder jenes Staubes rühmen, laßt ihn erzählen von den trefflichen Tugenden eines Prinzen, der in der Bataille so und so gefallen, von der holden Schönheit einer Fürstin, auf deren Sarge die jungfräuliche Myrte sich um die kaum erblühte Rosenknospe schlingt – es wird auch an die Sterblichkeit mahnen, es wird euch vielleicht eine Träne kosten; aber kann es euch also rühren wie der Anblick dieser Schlafkammer eines Jahrhunderts, dieser Ruhestätte eines herrlichen Geschlechtes? Da liegen sie in ihren dunkelbraunen Särgen, schmucklos, ohne Glanz und Flitter. Kein Marmor rühmt ihr stilles Verdienst, ihre anspruchslose Tugend, ihren vortrefflichen Charakter; aber welcher Mann von einigem Gefühl für Tugenden dieser Art fühlt sich nicht innig bewegt, wenn der alte Ratsdiener, dieser Aufwärter in den Katakomben, dieser Küster der unterirdischen Kirche, die Kerzen auf die Särge stellt, wenn dann das Licht auf die erhabenen Namen der großen Toten fällt! Wie regierende Häupter führen auch sie keine langen Titel und Zunamen; einfach und groß stehen die Namen auf ihren braunen Särgen geschrieben. Dort Andreas, hier Johannes, in jener Ecke Judas, in dieser Petrus. Wen rührt es nicht, wenn er dann hört: dort liegt der Edle von Nierenstein, geboren 1718, hier der von Rüdesheim, geboren 1726. Rechts Paulus, links Jakob, der gute Jakob!

Und ihre Verdienste? Ihr fraget? Seht ihr denn nicht, wie er eingießt in den grünen Römer, wie er das herrliche Blut des Apostels mir darreicht? Gleich dunkelrotem Golde blinkt es im Glase. Als ihn die Sonne aufzog auf den Hügeln von St. Johannes, da war er blond und helle; ein *Jahrhundert* hat ihn gefärbt. Welche Würze des Geruches! Welche Namen leg' ich dir bei, du lieblicher Duft, der aus dem Römer aufsteigt? Nehmet alle Blüten von den Bäumen, pflücket alle Blumen in den Fluren, führt Indiens Gewürz herbei, besprengt mit Ambra diese kühlen Keller, löset den Bernstein in bläuliche Wolken auf – mischet aus ihnen alle die feinsten Düfte, wie die Biene ihren Honig aus den Blüten saugt, wie schlecht, wie gemein, wie unwürdig gegen die zarte Blume deines Kelches, mein Bingen und Laubenheim, gegen *deine* Düfte, Johannes und Nierenstein von 1718!

»Ihr schüttelt den Kopf, Alter? Tadelt Ihr meine Freude an Euren alten Gesellen? Da, nimm diesen Römer, alter Mensch, trink auf das Wohlsein dieser Zwölfe! Komm, stoß an, sie sollen leben!«

»Gott soll mich bewahren, daß ich einen Tropfen trinke in *dieser* Nacht«, erwidert er; »man soll mit dem Teufel kein Spiel treiben. Aber wenn Ihr sie alle durchgekostet, wollen wir weiter gehen. Mir graut in diesem Keller.«

»Gute Nacht denn, ihr alten Herren vom Rheine, gute Nacht und herzlichen Dank für euer Labsal. Und wenn ich dir, mein ernster, feuriger Judas, wenn ich dir, mein sanfter, lieblicher Andreas, dir, mein Johannes, dienen kann, so kommt, kommt zu mir.«

»Herr des Himmels!« unterbrach mich der Alte und schlug die Tür zu und drehte hastig die Schlüssel um. »Seid Ihr von den paar Tropfen schon betrunken, daß Ihr den Teufel heraufbeschwört? Wißt Ihr denn nicht, daß die Weingeister aufstehen diese Nacht und einander besuchen, wie immer am ersten September? Und sollt' ich meinen Dienst verlieren, ich laufe davon, wenn Ihr noch solche Worte sprecht. Noch ist es nicht zwölf Uhr, aber kann denn nicht alles Augenblicke einer aus dem Faß kriechen mit greulichem Gesicht und uns zu Tode schrecken?«

»Alter, du faselst! Doch sei ruhig; ich will kein Wort mehr sprechen, daß deine Weingespenster nicht wach werden. Doch jetzt führe mich zur Rose.« Wir gingen weiter, wir traten ein in das Gewölbe, in das Rosengärtlein von Bremen. Da lag sie, die alte Rose, groß, ungeheuer mit einer Art von gebietender Hoheit. Welch ungeheures Faß! Und jeder Römer ein Stück Gold wert! Anno 1615! Wo sie die Hände, die dich pflanzten, wo die Augen, die sich an deiner Blüte erfreuten, wo die fröhlichen Menschen alle, die dir zujauchzten, edle Traube, als man dich abschnitt auf den Höhen des Rheingaus, als man deine Hüllen abstreifte, und du als goldener Born in die Kufe strömtest? Sie sind dahin, wie die Wellen des Stromes, der an deinem Rebenhügel hinabzog. Wo sind sie, jene alten Herren der Hansa, jene würdigen Senatoren dieser alten Stadt, die dich pflückten, duftende Rose, dich verpflanzten in diese kühlen Räume zum Labsal ihrer Enkel? Gehet hinaus auf Ansgarii Friedhof, gehet hinauf zur Kirche Unserer Lieben Frauen und gießet

Wein auf ihre Grabsteine! Sie sind hinunter und zwei Jahrhundert mit ihnen!

»Nun auf euer Wohlsein, alte Herren von anno 1615, und auf das Wohl eurer würdigen Enkel, die so gastfreundlich dem Fremdling die Hand und dieses Labsal boten!«

»So! Und jetzt gute Nacht, Frau Rose!« setzte der alte Diener freundlich hinzu, indem er sein Körbchen zusammenräumte. »Jetzt gute Nacht und Gott befohlen; hier heraus, nicht dort um die Ecke, hier heraus, geht der Weg aus dem Keller, wertgeschätzter Herr. Kommt, stoßet Euch nicht hier an die Fässer, ich will Euch leuchten.«

»Mit nichten, Alter«, erwiderte ich, »jetzt geht das Leben erst recht an. Das alles war nur der Vorschmack. Gib mir zweiundzwanziger Ausstich, so etwa zwei bis drei Flaschen, in das große Gemach dort hinten. Ich hab' ihn grünen sehen, diesen Wein, und war dabei, als sie ihn kelterten; hab' ich das Alter bewundert, so muß ich *meiner* Zeit nicht minder ihr Recht antun.«

Er stand da mit weitgeöffneten Augen, der Jammermensch; er schien seinen Ohren nicht zu trauen. »Herr«, sprach er dann feierlich, »sprechet nicht solch gottlosen Scherz. Heute nacht wird nun und nimmermehr was daraus; ich bleibe um keine Seligkeit.«

»Und wer sagt denn, daß du bleiben sollst? Dort setze den Wein hinein und dann mache in Gottes Namen, daß du fortkommst; ich will nun einmal diese Gedächtnisnacht hier feiern und habe mir deinen Keller ausersehen; dich habe ich nicht vonnöten.«

»Aber ich darf Euch nicht allein im Keller lassen«, entgegnete er; »ich weiß wohl, nehmt es nicht ungütig, daß Ihr den Keller nicht bestehlet, aber es ist einmal gegen die Ordnung.«

»Nun, so schließe mich ein in jenes Gemach; hänge ein Schloß davor, so schwer als du willst, daß ich nimmer heraus kann, und morgen früh um sechs Uhr kannst du mich aufwecken und dein Schlafgeld holen.«

Der Mann des Kellers versuchte noch mancherlei Einreden, doch umsonst; er setzte endlich drei Flaschen und neun Kerzen vor mich hin, wischte den Römer aus, schenkte mir den zweiundzwanziger

Ausstich ein und wünschte mir, wie es schien mit schwerem Herzen, gute Nacht. Richtig schloß er auch die Türe zweimal ab und hängte, wie es mir schien, mehr aus zärtlicher Angst für mich als aus Vorliebe für seinen Keller, noch ein Hängeschloß vor. Eben schlug die Glocke halb zwölf. Ich hörte ihn ein Gebet sprechen und davoneilen. Seine Schritte hallten immer ferner und ferner im Gewölbe; doch als er oben das Außentor des Kellers zuschlug, hallte es wie Kanonendonner durch die Gänge und Hallen.

So wäre ich denn allein mit dir, meine Seele, tief unten im Schoße der Erde. Oben auf der Erde schlafen sie jetzt und träumen, und auch hier unten, rings um mich her, schlummern sie in ihren Särgen, die Geister des Weines. Ob sie wohl träumen, von ihrer kurzen Kindheit träumen und der fernen Berge, der Heimat gedenken, wo sie groß wurden, und des Stromes, des alten Vaters Rhein, der ihnen allnächtlich freundlich ein Wiegenlied murmelte?

Gedenket ihr der wonnigen Tage, da die milde Mutter, die Sonne, euch aus dem Schlummer küßte, da ihr in ihrer klaren Frühlingsluft die Äuglein öffnet zum erstenmal und hinabschautet ins herrliche Rheingau? Und als der Mai einzog in sein deutsches Paradies, gedenket ihr noch, wie euch die Mutter antat mit grünem Kleidchen von Laubwerk, und wie der alte Vater baß sich dessen freute, herauflugte aus seinem grünen Bette und euch zuwinkte und munter rauschte am *Lurlei*?

Und gedenkst denn auch du der Rosentage deiner Jugend, o Seele, der sanften Rebenhügel der Heimat, des blauen Stromes und der blühenden Täler des Schwabenlandes? O Wonnezeit voll holder Träume! Wie reich bist du behängt mit Bilderbüchern, Christbäumen, Mutterliebe, Osterwochen und Ostereiern, mit Blumen und Vögeln, Armeen aus Blei und Papier und den ersten Höschen und Kollettchen, in welche sich deine kleine sterbliche Hülle, stolz auf ihre Größe, kleiden ließ. Und wie dich der selige Vater auf den Knien schaukelte, und dir der Großvater gerne das lange Meerrohr mit dem goldenen Knopf abtrat, um res dir als Reitpferd zu leihen!

Und rücke mit dem nächsten Glase um einige Jahre vorwärts! Erinnerst du dich des Morgens, als sie dich heimführten zu einem wohlbekannten Mann, dessen Gesicht so blaß geworden war, dessen Hand du weinend küßtest, weinend ohne zu wissen warum? Denn konntest du glauben, daß die harten Männer, die ihn in einen Schrank legten und mit schwarzen Tüchern zudeckten, konntest du glauben, daß sie ihn nicht mehr zurückbringen würden? Sei ruhig, auch er schlummert nur ein Weilchen. – Und gedenkst du des geheimnisvollen Freudenlebens ich Großvaters Büchersaal? Ach, damals kanntest du noch keine Bücher als den schnöden kleinen Bröder, deinen ärgsten Feind, wüßtest nicht, daß jene Folianten noch zu etwas anderem in Leder gebunden seinen, als um Hütten und Ställe daraus zu erbauen für dich und dein Vieh!

Gedenkest du noch des Frevels, wie roh du mit der deutschen Literatur in kleinerem Format umgingst? Hast du nicht deinem Bruder den Lessing an den Kopf geworfen, wofür er dich freilich mit Sophiens Reisen von Memel nach Sachsen erbärmlich zudeckte? Damals dachtest du freilich nicht daran, daß du einst selbst Bücher machen werdest!

Tauchet auch ihr auf, aus dem Nebel verschwundener Jahre, ihr Mauern des alten Schlosses. Wie oft dienten deine halbverfallenen Gänge, dein Keller, dein Zwinger, deine Verließe der fröhlichen Schar zum Tummelplatz ihrer Spiele! Soldaten und Räuber, Nomaden und Karawanen! Wie wohl war uns oft in der untergeordneten Rolle eines Kosaken, während andere – Generale, Platows, Blüchers, Napoleon u. dgl. vorstellten und sich prügelten? Ja, waren wir nicht zuzeiten sogar ein Pferd, dem Freuden zu Gefallen? O Himmel, wie schön ließ es sich dort spielen!

Wo sind sie hin, die Gespielen deiner Kindheit, die Genossen jener goldenen Tage, wo kein Rang, kein Stand, kein Ansehen gilt? Grafen und Barone machen jetzt wohl die große Tour der dienen an Höfen als Kammerherren. Arme Teufel pilgern als Handwerksburschen durchs Reich, das schwere Bündel auf dem Rücken, ohne Schuhe an den Füßen, haschen nach Pfennigen aus dem Kutschenschlag, die sie mit dem vom Regen gebräunten Hut künstlich aufzufassen wissen. Und die Liebe drückt sie oft noch schwerer als das Bündel auf dem Rücken. Andere Kameraden, Seelen, die sich in der Schule durch geordneten Fleiß in humanioribus hervorgetan, sitzen jetzt schon auf einer Pfarre, im Schlaf- oder Chorrock bei der Frau Liebsten. Andere sind Amtleute, wieder andre Apotheker, einige Referendare u. dgl. – und nur wir beide, ausschweifend aus dem gewöhnlichen Gang der Dinge, sitzen hier im Bremer Ratskeller und tun uns gütlich im Weine. Und was sind denn wir Absonderliches geworden? Doktor? Das kann jeder werden, der vernünftig genug ist, eine Dissertation zu schreiben.

Doch ich trinke das *vierte* Glas, Seele. Das vierte! – Fühlst du nicht einen gewissen Nexus zwischen dem Wein und der Zunge? Zwischen der Zunge und dem Gaumen? Hier, behaupte ich, ist ein

Scheideweg und daran ein Wegezeiger aufgestellt. Nämlich auf der einen Seite steht: »*Weg nach dem Magen.*« Eine breite fahrbare Straße. Es geht so schnell, so glitschend bergab! Daher auch der gemeinere Stoff gewöhnlich diesen Weg nimmt. Der andere Arm des Zeigers heißt: »*In den Kopf.*« Dahin ziehen die Geister, die sich schon im Faß lange genug bei dem schnöden gemeineren Stoff gelangweilt haben, und jetzt, da sie freien Lauf nehmen können, schielen sie nach dem Wegezeiger rechts hinauf. Während die Masse links hinabströmt, steigen sie aufwärts und finden sich im Wirtshaus zur Zirbeldrüse wieder zusammen. Es sind friedliche, verständige Leute, diese Geister. Sie erhellen dein Haus, o Seele, solange ihrer vier oder fünf beisammen sind, nachher möchte ich wohl für nichts stehen, denn sie raufen sich dann und treiben allerhand Unfug im Gehirn.

Wie schön ist die *vierte* Lebensperiode, die wir mit dem vierten Glase beginnen wollen! Du bist vierzehn Jahre alt, o Seele! Aber was ist mit dir vorgegangen in der kurzen Zeit? Du spielt keine Knabenspiele mehr, Soldaten und alles dieses Gezeuge liegt hinter dir, und die scheinst mir viel zu lesen. Du bist hinter Goethe und Schiller geraten und verschlingst sie, ohne alles zu verstehen. Oder wie? Du verstehst *jetzt schon* alles? Du willst meinen, du könntest Liebe verstehen, weil du im letzten Sonntagsklub Elvire hinter der Kommode im Dunkeln geküßt und Emmas Zärtlichkeit zurückgewiesen hast? Barbar! Ahnest du nicht, daß dieses dreizehnjährige Herz auch den Werther und sogar etwas von Clauren gelesen haben kann und Liebe für dich fühlt? Aber die Szene ändert sich. Sei mir gegrüßt, du Felsental der Alb! Du blauer Strom, an welchem ich drei lange Jahre hauste, *die* Jahre lebte, die den Knaben zum Jüngling machen. Sei mir gegrüßt, du klösterliches Dach, du Kreuzgang mit den Bildern verstorbener Äbte, du Kirche mit dem wundervollen Hochaltar, ihr Bilder alle, in schönes Gold des Morgenrotes getaucht! Seid mir gegrüßt, ihr Schlösser auf den Felsen, ihr Höhlen, ihr Täler, jene Klostermauern waren das enge Nest, das uns aufzog, bis wir flügge waren, und ihrer rauhen Albluft danken wir es, daß wir nicht verweichlichten.

Ich komme ans *fünfte* Glas, ins fünfte Säkulum unseres Lebens. Ich schlürfe euch ein, liebliche Erinnerungen, wie ich dies Glas edlen Rheinweins schlürfe. Ihr duftet auf in herrlicher Schöne, Jahre meiner Jugend, wie das Aroma aufsteigt aus dem Römer. Mein

Auge wird wacker, o Seele, denn sie sind um mich, die Freunde meiner Jugend! Wie soll ich dich nennen, du hohes, edles, rohes, barbarisches, liebliches, unharmonisches, gesangvolles, zurückstoßendes und doch so mild erquickendes Leben der Burschenjahre? Wie soll ich euch beschreiben, ihr goldenen Stunden, ihr Feierklänge der Bruderliebe? Welchen Töne soll ich euch geben, um mich verständlich zu machen? Welche Farbe dir, du nie begriffenes Chaos! Ich soll dich beschreiben? Nie! Deine lächerliche Außenseite liegt offen, die sieht der Laie, die kann man ihm beschreiben, aber deinen innern, lieblichen Schmelz kennt nur der Bergmann, der singend mit seinen Brüdern hinabfuhr in den tiefen Schacht. Gold bringt er herauf, reines, lauteres Gold, viel oder wenig, gilt gleichviel. Aber dies ist nicht seine ganze Ausbeute. Was er geschaut, mag er dem Laien nicht beschreiben, es wäre allzu sonderbar und doch zu köstlich für sein Ohr. Es leben Geister in der Tiefe, die sonst kein Ohr erfaßt, kein Auge schaut. Musik ertönt in jenen Hallen, die jedem nüchternen Ohr leer und bedeutungslos ertönt. Doch *dem*, der *mit* gefühlt und *mit* gesungen, gibt sie eine eigene Weihe, wenn er auch über das Loch in seiner Mütze lächelt, das er als Symbolum zurückgebracht. Alter Großvater, jetzt weiß ich, was du vornahmst, wenn »der Herr seinen Schalttag feierte«. Auch du hattest deine trauten Gesellen seit den Tagen deiner Jugend, und das Wasser stand dir in den grauen Wimpern, wenn du einen beisetztest im Stammbuch. Sie leben!

Wirf die Flasche weg, Mensch, stich eine neue an zu neuer Freude. Die *sechste*! Wer kann dich berechnen, o Liebe?

Es ging uns, wie es so manchem Erdensohn ergeht. Wir lasen von Liebe und glaubten zu lieben. Das Wunderbarste und doch Natürlichste an der Sache war, daß die Perioden oder Grade dieser Art Liebe sich nach unserer Lektüre richteten. Haben wir nicht Vergißmeinnicht und Ranunkeln gebrochen und des Doktors Tochter in G. verschämt überreicht und uns einige Tränen ausgepreßt, weil wir lasen: »Das Schönste sucht er auf den Fluren, womit er seine Liebe schmückt« – »Aus seinen Augen brechen Tränen –«? Haben wir nicht à la Wilhelm Meister geliebt, das heißt, wir wußten nicht mehr, war es Emeline oder Kamille, die Zarte, oder gar Ottilie? Haben nicht alle drei in zierlichen Schlafmützen hinter den Jalousien hervorgeschaut, wenn wir Ständchen brachten im Winter und die Gitarre weidlich schlugen, obgleich uns der Frost die Finger krumm bog? Und nachher, als es sich zeigte, wie sie alle nur schnöde Koketten seien, haben wir da nicht die Liebe törichterweise verschworen und uns vorgenommen, erst dann zu heiraten, wenn die Schwaben klug werden, das heißt im vierzigsten?

Wer kann dich berechnen, verschwören, o Liebe? Du tauchst nieder aus dem Auge der Geliebten und schlüpfst durch unser Auge verstohlen in das Herz. Und dennoch, so kalt konntest du bleiben, wenn ich meine Lieder sang, wolltest den Blick nicht erwidern, den ich so oft nach dir aussandte? Ich möchte ein General sein, nur daß sie meinen Namen in der Zeitung läse, daß es ihr bange würde, wenn sie läse:»Der General Hauff hat sich in der letzten Schlacht bedeutend hervorgetan und acht Kugeln ins Herz bekommen – woran er ab nicht gestorben«. Ich möchte ein Tambour sein, nur daß ich vor ihrem Haus meinen Schmerz auslassen und fürchterlich trommeln könnte, und fährt sie dann erschrocken mit dem Köpfchen durchs Fenster, so will ich gerade das Gegenteil russischer Fellrassler machen und vom fortissimo abwärts trommeln und piano im leisen Adagiowirbel ihr zuflüstern:»Ich liebe dich.« Ein berühmter Mensch möchte ich sein, nur daß sie von mir hörte und stolz zu sich sagte:»Der hat dich einst geliebt.« Aber leider reden die Leute nicht von mir, höchstens wird man ihr morgen sagen:»Gestern nacht hat er auch wieder bis Mitternacht im Weinkeller gelegen!« Und wenn ich vollends ein Schuster oder Schneider wäre! Doch dies ist ein gemeiner Gedanke und deiner unwürdig, Adelgunde! –

Jetzt wacht wohl keiner mehr als der Höchste und Niedrigste dieser Stadt, nämlich der Turmwächter hoch oben auf der Domkirche und ich tief unten im Ratskeller. Wär' ich doch der auf dem Turme! In jeder Stunde wollte ich das Sprachrohr ansetzen und dir ein Lied hinabsingen ins Schlafkämmerlein, doch nein! das würde ja den süßen Engel aus seinem Schlummer wecken, aus seinen holden, lieblichen Träumen. Doch hier unten hört mich niemand, da will ich eines singen. Seele! komme ich mir denn nicht gerade vor wie ein Soldat auf dem Posten, dem das Heimweh recht schwer und tief im Herzen liegt? Und hat nicht einer meiner Freunde dies Lied gedichtet?

Steh' ich in finstrer Mitternacht

So einsam auf der stillen Wacht,
Dann denk' ich an mein fernes Lieb,
Ob es mir treu und hold verblieb.

Als ich zur Fahne fortgemüßt,
Hat sie so herzlich mich geküßt,
Mit Bändern meinen Hut geschmückt
Und weinend mich ans Herz gedrückt.

Sie liebt mich noch, sie ist mir gut,
Drum bin ich froh und wohlgemut,
Mein Herz schlägt warm in kalter Nacht
Wenn es ans ferne Lieb gedacht.

Jetzt bei der Lampe mildem Schein
Gehst du wohl in dein Kämmerlein
Und schickst dein Nachtgebet zum Herrn
Auch für den Liebsten in der Fern.

Doch wenn du traurig bist und weinst,
Mich von Gefahr umrungen meinst,
Sei ruhig: steh' in Gottes Hut,
Er liebt ein treu Soldatenblut.

Die Glocke schlägt, bald naht die Rund
Und löst mich ab zu dieser Stund;
Schlaf wohl im stillen Kämmerlein
Und denk in deinen Träumen mein!

Und denkt sie wohl auch meiner in ihren Träumen? Die Glocken summten dumpf auf den Türmen, sie begleiteten meinen Gesang. Schon Mitternacht? Diese Stunde trägt eigenen geheimnisvollen Schauer in sich; es ist, als zittere die Erde leise, wenn sich die schlummernden Menschen unter ihr auf die andere Seite legen, die schwere Decke schütteln und den Nachbar im Kämmerlein nebenan fragen: »Ist's noch nicht Morgen?« Wie so ganz anders zittert der Ton dieser Mitternachtsglocke zu mir hernieder, als wenn er am Mittag durch die hellen, klaren Lüfte schallt. Horch! Ging da nicht im Keller eine Türe? Sonderbar! wenn ich nicht so ganz allein hier unten wäre, wenn ich nicht wüßte, daß die Menschen nur oben wandeln, ich würde glauben, es tönen Schritte durch diese Hallen. –

Ha! es ist so; es kommt näher, es tastet an der Türe hin und her; es faßt und schüttelt die Klinke; doch dir Türe ist verschlossen und mit Riegeln verhängt; mich stört heute nacht *kein Sterblicher* mehr. – Ha, was ist das? die Tür springt auf! Entsetzen! –

Vor der Tür standen zwei Männer und machten sich gegenseitig Komplimente über den Vortritt; der eine war ein langer, hagerer Mann, trug eine große, schwarze Lockenperücke, einen dunkelroten Rock nach altfränkischen Schnitt, überall mit goldenen Tressen und goldgesponnenen Knöpfen besetzt; seine ungeheuer langen und dünnen Beine staken in dünnen Beinkleidern von schwarzem Samt mit goldenen Schnallen am Knie; daran schlossen sich rote Strümpfe, und auf den Schuhen trug er goldene Schnallen. Den Degen mit einem Griff von Porzellan hatte er durch die Hosentasche gesteckt; er schwenkte, wenn er ein Kompliment machte, einen dreispitzigen kleinen Hut von Seide, und die Lockenschwänze seiner Perücke rauschten dann wie Wasserfälle über die Schultern herab. Der Mann hatte ein bleiches, abgehärmtes Gesicht, tiefliegende Augen und eine große feuerrote Nase. Ganz anders war der kleinere Geselle anzuschauen, dem jener den Vortritt gönnen wollte. Seine Haare waren fest an den Kopf geklebt mit Eiweiß, und nur an den Seiten waren sie in zwei Rollen gleich Pistolenhalftern gewickelt, ein ellenlanger Zopf schlängelte sich über seinen Rücken; er trug ein stahlgraues Röcklein, rot aufgeschlagen, stak unten in großen Reiterstiefeln und oben in einer reichgestickten Bratenweste, die über sein wohlgenährtes Bäuchlein bis auf die Knie herabfiel, und hatte einen ungeheuren Raufdegen umgeschnallt. Er hatte etwas Gutmütiges in seinem feisten Gesicht, besonders in den Äuglein, die ihm wie einem Hummer hervorstanden. Seine Manöver führte er mit einem ungeheuren Filzhut aus, der auf zwei Seiten aufgeklappt war.

Ich hatte, nachdem ich mich von dem ersten Schrecken erholt, Zeit genug, diese Bemerkungen zu machen, denn die beiden Herren machten wohl mehrere Minuten lang vor der Schwelle die zierlichsten Pas. Endlich riß der Lange auch den zweiten Flügel der Türe auf, nahm den Kleinen unter den Arm und führte ihn in mein Gemach. Sie hingen ihr Hüte an die Wand, schnallte die Degen ab und setzen sich ohne mich zu beachten, stillschweigend an den Tisch. »Ist denn heute Fastnacht in Bremen?« sprach ich zu mir, indem ich über die sonderbaren Gäste nachdachte; Und doch kam mir ihre ganze Erscheinung so unheimlich vor, besonders wußte ich mich in ihre starren Blicke, in ihr Schweigen nicht zu finden; ich wollte mir eben ein Herz fassen und sie anreden, als ein neues Geräusch im Keller entstand. Schritte tönten näher, die Türe ging auf, und vier andere Herren, nach derselben alten Mode wie die ersten gekleidet, traten ein. Mir fiel besonders der eine auf, der wie ein Jäger gekleidet war, denn er trug Hetzpeitsche und Jagdhorn und schaute ungemein fröhlich um sich.

»Gott grüß' auch, ihr Herren vom Rhein!« sprach der Lange im roten Rocke im tiefen Baß, indem er aufstand und sich verbeugte. »Gott grüß' euch«, quiekte der Kleine dazu, »haben uns lange nicht gesehen, Herr Jakobus!«

»Frisch auf! Holla und guten Morgen, Herr Matthäus«, rief der Jäger dem Kleinen zu, »und auch guten Morgen, Herr Judas! Aber was ist das? Wo sind die Römer, wo Pfeifen und Tabak? Ist der alte Maueresel noch nicht wach aus seinem Sündenschlaf?«

»Die Schlafmütze!« erwiderte der Kleine. »Der schläfrige Bengel! Droben liegt er noch in Unser Lieben Frauen Kirchhof, aber das Donnerwetter, ich will ihn herausschellen!« Dabei ergriff er eine große Glocke, die auf dem Tisch stand, und klingelte und lachte in grellen, schneidenden Tönen. Auch die drei andern Herren hatten Hüte, Stock und Degen in die Ecken gestellt, sich gegenseitig gegrüßt und an den Tisch gesetzt. Zwischen dem Jäger und dem roten Judas saß einer, den sie Andreas nannten. Es war ein überaus zierlicher und feiner Herr, auf seinen schönen, noch jugendlichen Zügen lag ein wehmütiger Ernst, und um die zarten Lippen schwebte ein mildes Lächeln; er trug eine blonde Perücke mit vielen Locken, was mit seinen großen braunen Augen einen auffallenden, aber angenehmen Kontrast bildete. Dem Jäger gegenüber saß ein großer, wohlgemästeter Mann, mit rotausgeschlagenem Gesicht und einer Purpurnase. Er hatte die Unterlippe weit herabhängen und trommelte mit den Fingern auf seinem dicken Bauch; sie hießen ihn den Philippus.

Ein starkknochiger Mann, fast wie ein Krieger anzuschauen, saß neben ihm; ein mutiges Feuer brannte in seinen dunkeln Augen, ein kräftiges Rot schmückte seine Wangen, und ein dichter Bart umschattete den Mund. Er hieß Herr Petrus.

Wie unter echten alten Trinkern, so wollte unter diesen Gästen das Gespräch auch nicht recht fortgehen ohne Wein; da erschien eine neue Gestalt in der Türe. Es war ein kleines, altes Männlein mit schlotternden Beinen und grauem Haar; sein Kopf sah aus wie ein

Totenkopf, über den man eine dünne Haut gespannt, und seine Augen lagen trübe in den tiefen Höhlen; er schleppte keuchend einen großen Korb herbei und grüßte die Gäste demütig.

»Ha! siehe da, der alte Kellermeister Balthasar«, riefen die Gäste ihm entgegen; »frisch heran, Alter, setze die Römer auf und bringe uns Pfeifen! Wo steckst du nur so lang? Es ist längst zwölf vorüber.«

Der alte Mann gähnte einigemal etwas unanständig und sah überhaupt aus wie einer, der zu lange geschlafen. »Hätte beinahe den ersten September verschlafen«, krächzte er, »ich schlief so hart, und seitdem sie den Kirchhof gepflastert haben, höre ich auch ziemlich schlecht. Wo sind denn aber die andern Herren?« fuhr er fort, indem er Pokale von wunderlicher Form und ansehnlicher Größe aus dem Korbe nahm und auf den Tisch setzte. »Wo sind denn die andern? Ihr seid erst eurer sechs, und die alte Rose fehlt auch noch.«

»Setze nur die Flaschen her«, rief Judas, »daß wir endlich was zu trinken bekommen; und dann gehe hinüber, sie liegen noch im Faß, poch an mit deinen dürren Knochen und heiße sie aufstehen, sage, wir sitzen schon alle hier.«

»Aber kaum hatte Herr Judas also gesprochen, als ein großes Geräusch und Gelächter vor der Türe entstand. »Jungfer Rose hoch, hussa, hoch! und ihr Schatz, der Bacchus, hoch!« hörte man von mehreren Stimmen rufen. Die Türe flog auf, die gespenstischen Gesellen am Tische sprangen in die Höhe und schrien: »Sie ist's, sie ist's, Jungfer Rose und Bacchus und die andern! Hallo! Jetzt geht das Freudenleben erst recht an!« und dabei stießen sie die Römer zusammen, lachten, und der Dicke schlug sich auf den Bauch, und der blasse Kellermeister warf die Mütze geschickt zwischen den Beinen durch an die Decke und stimmte ein in das Juchheisa, heisa, he! daß mir die Ohren gellten. Welch ein Anblick! Der hölzerne Bacchus, so auf dem Faß im Keller geritten, war herabgestiegen, nackt, wie er war; mit seinem breiten, freundlichen Gesicht, mit den klaren Äuglein grüßte er das Volk und trippelte auf kleinen Füßchen in das Zimmer; an seiner Hand führte er ganz ehrbarlich, wie seine Braut, eine alte Matrone von hoher Gestalt und weidlicher Dicke. Noch weiß ich nicht bis dato, wie es möglich war, daß dies alles so geschehen, aber damals war es mir sogleich klar, daß diese

Dame niemand anderes sei als die alte Rose, das ungeheure Faß im Rosenkeller.

Und wie hatte sie sich köstlich aufgeputzt, die alte Rheinländerin! Sie mußte in der Jugend einmal recht schön gewesen sein, denn wenn auch die Zeit einige Runzeln um Stirn und Mund gelegt hatte, wenn auch das frische Rot der Jugend von ihren Wangen veschwunden war, zwei Jahrhunderte konnten die edlen Züge des feinen Gesichtes nicht völlig verwischen. Ihre Augenbrauen waren grau geworden, und einige unziemliche graue Barthaare wuchsen auf ihrem spitzigen Kinn, aber die Haare, die um die Stirne schön geglättet lagen, waren nußbraun und nur etwas weniges mit Silbergrau gemischt. Auf dem Kopfe trug sie eine schwarze Samtmütze, die sich enge an die Schläfe anschloß; dazu hatte sie ein Wams vom feinsten schwarzen Tuche an, und das Mieder von rotem Samt, das darunter hervorschaute, war mit silbernen Haken und Ketten geschnürt. Um den Hals trug sie ein breites Halsband von blitzenden Granaten, woran eine goldene Schaumünze befestigt war; ein weiter, faltenreicher Rock von braunem Tuch fiel um ihre wohlbeleibte Gestalt, und ein kleines weißes Schürzchen, mit feinen Spitzen besetzt, wollte sich recht schalkhaft ausnehmen. An der einen Seite hing ihr eine große Tasche von Leder, an der andern ein Bündel gewaltiger Schlüssel – kurz, sie war eine so ehrbare Frau, als je eine anno 1618 in Köln oder Mainz über die Straße ging.

Aber hinter der Frau Rose kamen noch sechs jubelnde Gesellen, die Dreispitzenhüte schwingend, die Perücken schief auf den Kopf gesetzt, mit weitschößigen Röcken und langen, reichgestickten Westen angetan.

Ehrbarlich und sittsam führte unter dem allgemeinen Jubel Bacchus seine Rose oben an die Tafel; sie verbeugte sich mit großem Anstand gegen die Gesellschaft und ließ sich nieder; an ihrer Seite nahm der hölzerne Bacchus Platz, und Balthasar, der Kellermeister, hatte ihm ein tüchtiges Polster untergeschoben, weil er sonst gar klein und niedrig gesessen hätte. Auch die andern sechs Gesellen nahmen Platz, und ich merkte jetzt, daß es wohl die zwölf Apostel vom Rheine seien, die hier um die Tafel saßen, sonst aber im Apostelkeller in Bremen liegen.

»Da wären wir ja«, sagte Petrus, nachdem der Jubel etwas nachgelassen,»da wären wir ja, wir junges munteres Volk von 1700, und alle wohlbehalten wie sonst. Nun auf gutes Wohlsein, Jungfer Rose! Auch sie hat gar nicht gealtert und ist noch so stattlich und hübsch wie vor fünfzig Jahren. Gutes Wohlsein. Sie soll leben und ihr Liebster, Herr Bacchus, daneben.«

»Soll leben, die alte Rose soll leben!«riefen sie und stießen an und tranken; Herr Bacchus aber, der aus einem großen silbernen Humpen trank, schluckte zwei Maß rheinisch ohne viel Beschwerden hinunter, und er ward zusehends dicker davon und größer, wie eine Schweinsblase, die man mit Luft füllt.

»Mich gehorsamst zu bedanken, wertgeschätzte Herren Apostel und Vettern«, antwortete Frau Rosalia, indem sie sich freundlich verneigte.»Seid Ihr noch immer solch ein loser Schäker, Herr Petrus? Ich weiß von keinem Schatz nicht, und Ihr müßt ein sittsam Mägdlein nicht so in Verlegenheit setzen.« Sie schlug die Augen nieder, als sie dies sagte, und trank ein mächtiges Paßglas aus.

»Schatz«, erwiderte ihr Bacchus, indem er sie aus seinen Äuglein zärtlich anblickte und ihre Hand faßte,»Schatz, ziere dich doch nicht so; du weißt ja wohl, daß dir mein Herz zugetan schon seit zweihundert Herbsten; und daß ich dich noch heute vor allen andern liebe, soll ein feuriger Kuß auf deine rosigen Lippen beweisen.«

Er neigte sich zärtlich gegen die Rose.»Wenn nur das junge Volk hier nicht dabei wäre«, flüsterte sie verschämt, indem sie sich halb zu ihm neigte; aber unter dem Jubeln und Jauchzen der Zwölfe hatte der Weingott sein Schürzenstipendium nebst Zinsen eingenommen. Dann leerte er seinen Humpen wieder und ward um zwei Fäuste breiter und größer und hub an mit einer rauhen Weinstimme zu singen:

> Vor allen Schlössern dieser Zeit
> Lob' ich ein Schloß zu Bremen,
> In seinen Hallen hoch und weit
> Darf sich kein Kaiser schämen;
> Gar seltsam ist es ausstaffiert,
> Mit schmuckem Hausrat ausgeziert,

Doch hat daselbst vor allen
Eine Jungfrau mir gefallen.

Ihr Auge blinkt wie klarer Wein,
Ihre Wangen sind nicht bleiche,
Wie prächtig ihre Kleider sein,
Von lauter schwerem Zeuge!
Von Eichenholz ist ihr Gewand,
Von Birkenreifen ihre Band',
Das Mieder, das sie zieret,
Mit Eisen ist geschnüret.

Doch ach, man hat ihr Schlafklosett
Mit Riegeln wohl versehen,
Dort schlummert sie im Rosenbett,
Und ich muß draußen stehen;
Drum poch' ich an die Kammertür:
Steh auf, mein Schatz, und komm herfür,
Damit ich mir dir kose,
Mach auf, herzliebe Rose.

So steig' ich jede Mitternacht
Zu ihrer Kammer nieder;
Nur einmal hat sie aufgemacht,
Jetzt will sie nimmer wieder;
Und seit ich einmal sie geküßt,
Mein Herz von Sehnsucht trunken ist,
Nur einmal, Rosamunde,
Küss' mich, daß es gesunde.

»Ihr seid ein Schäker, Her Bacchus«, sagte Rosa, als er mit einem
zärtlichen Triller geendet hatte. »Ihr wißt wohl, daß mich Bürgermeister und Rat unter gar strenger Klausur halten und nicht erlau-
ben, daß ich mit jedwedem mich einlasse.«

»Aber mir könntest du doch zuweilen das Kämmerlein öffnen,
lieb Röschen!« flüsterte Bacchus. »Mich gelüstet nach der süßen
Speise deines Mundes.«

»Ihr seid ein Schelm«, rief sie lachend, »Ihr seid ein Türke und
habt es mit vielen zugleich; meint Ihr, ich wisse nicht, wie Ihr mit

der leichtfertigen Französin scharmiert, mit dem Fräulein von Bordeaux, und mit dem Kreidengesicht, der Champagnerin; geht, geht, Ihr habt einen schlechten Charakter und versteht Euch nicht auf treue deutsche Minne.«

»Ja, das sag' ich auch!« rief Judas und fuhr mit der langen knöchernen Hand nach der Hand der Jungfer Rose. »Das sag' ich auch; drum nehmet mich zu Eurem Galan, liebwerteste Jungfer, und lasset den kleinen, nackten Kerl seiner Französin nachziehen.«

»Was?« schrie der Hölzerne und trank im Zorn einige Maß Wein. »Was? Mit dem jungen Fant von 1726 willst du dich abgeben, Röschen? Pfui, schäme dich; was mein nacktes Kostüm betrifft, Herr Naseweis, so kann ich ebensogut, wie er, eine Perücke aufsetzen, einen Rock umhängen und einen Degen an die Seite stecken; aber ich trage mich so, weil ich Feuer im Leibe habe und mich nicht friert im Keller. Und was Sie da sagt, Jungfer Rose, mit den Französinnen, so ist das gänzlich erlogen. Besucht habe ich sie zuweilen und mich an ihrem Geiste erlustiert, aber weiter gar nichts; Dir bin ich treu, liebster Schatz, und Dir gehört mein Herz.«

»Eine schöne Treue, Gott erbarm's!« erwiderte die Dame. »Was hörte man nur aus Spanien, wie Ihr es dort mit dem Frauenzimmer habt? Von der süßlichen Metze, der Xeres, will ich gar nichts sagen, das ist eine bekannte Geschichte, aber wie ist es denn mit der Jungfer Dentilla di Rota, und mit der von San Lukas? Und dann mit der Sennora Ximenes?«

»Alle Teufel, Ihr treibt die Eifersucht auch gar zu weit«, rief er ärgerlich, »man kann doch alte Verbindungen nicht ganz aufgeben. Und was Sennora Ximenes betrifft, so seid Ihr sehr ungerecht, ich besuche sie ja nur aus Freundschaft für Euch, weil sie Eure Verwandte ist.«

»Was macht Ihr da für Fabeln, – unsere Verwandte?« murmelten Rosa und die Zwölfe untereinander. »Wie das?«

»Wißt Ihr denn nicht«, fuhr er fort, »daß diese Sennora eigentlich eine Rheinländerin ist? Der ehrsame Don Ximenes hat sie heimgeführt als blutjunges Rebstöcklein aus dem Rheingau nach seiner Heimat Spanien, und dort hat sie sich angesiedelt und seinen Familiennamen angenommen. Noch jetzt, obgleich sie den süßen, spanischen Charakter angenommen, noch jetzt hat sie große Ähnlichkeit mit Euch, wie die Grundzüge des Gesichtes sich in der Familie nicht ganz verlieren. Dieselbe Farbe und jener süße Duft, jenes feine Aroma ist ihr eigen und macht sie zu Eurer würdigen Base, wertgeschätzte Jungfer Rose.«

»Sie soll leben, soll leben!« riefen die Apostel und stießen an, »Base Ximenes in Hispanien soll leben!«

Jungfer Rose mochte ihrem Galan nicht ganz trauen und stieß mit bittersüßer Miene an; doch schien sie nicht ferner mit ihm hadern zu wollen, sondern sprach weiter: »Und auch Ihr, meine lieben Vettern vom Rhein, seid Ihr alle hier? Ja, da ist ja mein zarter, feiner Andreas, mein mutiger Judas, mein feuriger Petrus. Guten Abend, Johannes, wische Dir den Schlaf fein aus den Äuglein, du siehst noch ganz trübselig aus; Bartholomäus, Du bist unmäßig dick geworden und scheinst träge zu sein. Ha, mein munterer Paulus, und wie fröhlich Jakobus um sich schaut, noch immer der Alte. Aber wie, Ihr seid ja zu dreizehn am Tische, wer ist denn *der dort* in fremder Kleidung, wer hat ihn hierher gebracht?«

Gott, wie erschrak ich! Sie schauten alle verwundert auf mich und schienen mit meiner Anwesenheit nicht ganz zufrieden. Aber ich faßte mir ein Herz und sagte: »Mich gehorsamst der werten Gesellschaft zu empfehlen. Ich bin eigentlich nichts weiter als ein zum Doktor der Philosophie graduierter Mensch und halte ich gegenwärtig hiesigen Orts in dem Wirtshause zur Stadt Frankfurt auf.«

»Wie wagst du es aber, hierher zu kommen in dieser Stunde, graduiertes Menschenkind?« sprach Petrus sehr ernst, indem er Blitze aus seinen Feueraugen auf mich sprühte. »Du hättest wohl denken können, daß Du nicht in diese noble Sozietät gehörst.«

»Herr Apostel«, antwortete ich, und weiß heute noch nicht, woher ich den Mut bekam, wahrscheinlich aus dem Wein; »Herr Apostel, das Du verbitte ich mir fürs erste, bis wir weiter bekannt sind. Und was die noble Sozietät betrifft, in die ich gekommen sein soll, so kam sie zu mir, nicht ich zu ihr, denn ich sitze schon seit drei Stunden in diesem Gemach, Herr!«

»Was tut Ihr aber so spät noch im Ratskeller, Herr Doktor?« fragte Bacchus etwas sanfter als der Apostel. »Um diese Zeit pflegt sonst das Erdenvolk zu schlafen.«

»Euere Exzellenz«, erwiderte ich, »das hat seinen guten Grund. Ich bin ein portierter Freund des edlen Getränkes, das man hier unten verzapft, habe auch durch die Vergünstigung eines wohledlen Senats die Permission erhalten, denen Herren Aposteln und der Jungfrau Rose meinen Besuch abzustatten, was ich auch geziemendst getan.«

»Also Ihr trinkt gerne Rheinwein?« fuhr Bacchus fort; »nun, das ist eine gute Eigenschaft und sehr zu loben in dieser Zeit, wo die Menschen so kalt geworden sind gegen diese goldene Quelle.«

»Ja, der Teufel hole sie all!« rief Judas. »Keiner will mehr einige Maß Rheinwein trinken, außer hie und da solch ein fahrender Doktor oder vazierender Magister, und diese Hungerleider lassen sich ihn erst noch aufwichsen.«

»Muß ganz gehorsamst deprezieren, Herr von Judas«, unterbrach ich den schrecklichen Rotrock. »Nur einige kleine Versuche habe ich getan mit Dero Rebenblut von 1700 und etlichen Jahren, und den hat mir allerdings der wackere Bürgermeister einschenken lassen;

was Sie aber hier sehen, ist etwas Neuer und in barer Münze von mir bezahlt.«

»Doktor, ereifert Euch nicht«, sagte Frau Rose, »er meint's nicht so böse, der Judas, und er ärgert sich nur und mit Recht, daß die Zeiten so lau geworden.«

»Ja!« rief Andreas, der feine, schöne Andreas. »Ich glaube, dieses Geschlecht fühlt, daß es keines edlen Trankes mehr wert ist, drum sollen sie hier ein Gesöff von allerlei Schnaps und Sirup brauen, heißen es Chateau-Margaux, Sillery, St. Julien und sonst nach allerlei pompösen Namen, und kredenzen es bei ihren Gastmahlen, und wenn sie es saufen, bekommen sie rote Ringe um den Mund, dieweil der Wein gefärbt war, und Kopfweh den andern Tag, weil sie schnöden Schnaps getrunken.«

»Ha, was war das für ein anderes Leben«, führte Johannes die Rede fort, »als wir noch junge, blutjunge Gesellen waren, Anno 19 und 26. Auch Anno 50 ging es noch hoch her in diesen schönen Hallen. Jeden Abend, es mochte die Sonne scheinen in hellem Frühling, oder schneien und regnen im Winter, jeden Abend waren die Stübchen dort gefüllt mit frohen Gästen. Hier, wo wir jetzt sitzen, saß in Würde und Hoheit der *Senat von Bremen*, stattliche Perücken auf dem Haupt, die Wehre an der Seite, Mut im Herzen und jeder einen Römer vor sich.«

»Hier, hier, nicht oben auf der Erde, hier war das Rathaus, hier die Halle des Senats; denn hier beim kühlen Weine berieten sie sich über das Wohl der Stadt, über ihre Nachbarn und dergleichen. Wenn sie uneinig in der Meinung waren, so stritten sie sich nicht mit bösen Worten, sondern tranken einander wacker zu, und wenn der Wein ihre Herzen erwärmt hatte, wenn er fröhlich durch ihre Adern hüpfte, da war der Beschluß schnell zur Reife gediehen, sie drückten sich die Hände, sie waren und blieben immer Freunde, weil sie Freunde waren des edlen Weines. Am andern Morgen aber war ihnen ihr Wort heilig, und was sie abends ausgemacht im Keller, das führten sie oben im Gerichtssaal aus.«

»Schöne alte Zeiten!« rief Paulus. »Daher kommt es auch, daß noch heutzutage jeder vom Rat ein eigenes Trinkbüchlein, eine jährliche Weinrechnung hat. Den Herren, die alle Abende hier saßen und tranken, war es nicht genehm, allemal in die Tasche zu fahren und ihr Geldsäcklein heraus zu kriegen. Aufs Kerbholz ließen sie es schreiben, und am Neujahr ward Abrechnung gehalten, und es gibt einige wackere Herren, die noch jetzt oft Gebrauch davon machen, aber es sind deren wenige.«

»Ja, ja, Kinder«, sprach die alte Rose, »sonst war es anders, so vor fünfzig, hundert, zweihundert Jahren. Da brachten sie abends ihre Weiber und Mädchen mit in den Keller, und die schönen Bremer Kinder tranken Rheinwein oder von unserem Nachbar Moseler und waren weit und breit berühmt durch ihre blühenden Wangen, durch ihre purpurroten Lippen, durch ihre herrlichen, blitzenden Augen; jetzt trinken sie allerlei miserables Zeug, als Tee und dergleichen, was weit von hier bei den Chinesen wachsen soll, und was zu meiner Zeit die Frauen tranken, wenn sie ein Hüstlein oder sonstige Beschwer hatten. Rheinwein, echten, gerechten Rheinwein könne sie gar nicht mehr vertragen; denkt euch ums Himmels willen, sie gießen spanischen Süßen darunter, daß er ihnen munde, sie sagen, er sei zu sauer.«

Die Apostel schlugen ein großes Gelächter auf, in das ich unwillkürlich einstimmen mußte, und Bacchus lachte so gräßlich, daß ihn der alte Balthasar halten mußte.

»Ja, die guten alten Zeiten!« rief der dicke Bartholomäus. »Sonst trank ein Bürger seine zwei Maß, und es war, als hätt' er Wasser getrunken, so nüchtern blieb er, jetzt wirft sie ein Römer um. Sie sind aus der Übung gekommen.«

»Da trug sich vor vielen Jahren eine schöne Geschichte zu«, sagte Fräulein Rose und lächelte vor sich hin.

»Erzähle, erzähle, Jungfer Rose, die Geschichte!« baten sie alle; sie aber trank bedeutend viel Wein, damit sie eine glatte Kehle bekam, und hub an: »Anno tausend sechshundert und einige zwanzig, dreißig Jahre war ein großer Krieg in deutschen Landen von wegen des Glaubens; die einen wollten so und die andern anders, und statt daß sie bei einem Glase Wein die Sache vernünftig besprochen hätten, schlugen sie sich die Schädel ein. Albrecht von Wallenstein, des Kaisers Generalfeldmarschall, hauste schrecklich in protestantischen Landen. Des erbarmte sich der Schwedenkönig, Gustav Adolf, und kam mit vieler Mannschaft zu Roß und zu Fuß. Es wurden viele Bataillen geliefert, sie hetzten sich herum am Rhein und an der Donau, geschah aber weiter nicht viel, weder vor- noch rückwärts. Zu der Zeit waren Bremen und die andern Hansestädte neutral und wollten es mit keiner Partei verderben. Dem Schweden lag aber daran, durch ihr Gebiet zu ziehen und sich freundlich mit ihnen einzulassen, darum wollte er einen Gesandten an sie schicken. Weil aber im Reich bekannt war, daß man in Bremen alles im Weinkeller verhandle und die Ratsherren und Bürgermeister einen guten Schluck hätten, so fürchtete sich der Schwedenkönig, sie möchten seinen Gesandten gar sehr zusetzen mit Wein, daß er endlich betrunken würde und schlechte Bedingungen einginge für die Schweden.

Nun befand sich aber im schwedischen Lager ein Hauptmann vom gelben Regiment, der ganz erschrecklich trinken konnte. Zwei, drei Maß zum Frühstück war ihm ein kleines, und oft hat er abends zum Zuspitzen ein halb Imi getrunken und nachher gut geschlafen. Als nun der König voll Besorgnis war, sie möchten im Bremer Ratskeller seinem Gesandten allzusehr zusetzen, so erzählte ihm der Kanzler Oxenstierna von dem Hauptmann, Gutekunst hieß er, der so viel trinken könne. Des freute sich der König und ließ ihn vor sich kommen.

Da brachten sie einen kleinen, hageren Mann, der war ganz bleich im Gesicht, hatte aber eine große, kupferrote Nase und hellblaue Lippen, was ganz wunderlich anzusehen war. Der König fragte ihn, wieviel er sich wohl zu trinken getraue, wenn es recht ernstlich zuginge. ›O Herr und König,‹ antwortete er, ›so ernstlich bin ich noch nie daran gekommen, habe mich bis dato auch noch nicht geeicht; der Wein ist nicht wohlfeil, und man kann täglich nicht über sieben, acht Maß trinken, ohne in Schulden zu geraten.‹ – ›Nun, wieviel meinst du denn führe zu können?‹ fragte der König weiter. Er aber antwortete unerschrocken: ›Wenn Euer Majestät bezahlen wollen, möchte ich wohl einmal zwölf Mäßchen trinken, mein Reitknecht, der Balthasar Ohnegrund, kann es aber noch besser.‹ Da schickte der König auch nach Balthasar Ohnegrund, dem Knecht des Hauptmanns Gutekunst, und war der Herr schon blaß gewesen und mager, so war es der Diener noch mehr, der ganz aschenfahl aussah, als hätt' er sein Leben lang Wasser getrunken.

Da ließ nun der König den Hauptmann und Ohnegrund, den Reitknecht, in ein Zelt setzen und einige Fäßlein alten Hochheimer und Nierensteiner anfahren und wollte haben, die beiden sollten sich eichen lassen. Sie tranken von morgens elf Uhr bis abends vier Uhr ein Imi Hochheimer und anderthalb Imi Nierensteiner, und der König ging voll Bewunderung zu ihnen ins Zelt, um zu sehen, wie es mit ihnen stehe. Die beiden Gesellen aber waren wohlauf, und der Hauptmann sagte: ›So, jetzt will ich einmal die Degenkuppel abschnallen, dann geht's besser‹; Ohnegrund aber machte drei Knöpfe an seinem Koller auf.

Da entsetzten sich alle, die dies sahen, der König aber sprach: ›Kann ich bessere Gesandte finden nach der fröhlichen Stadt Bremen, als diese?‹ Und alsobald ließ er dem Hauptmann prächtige Kleider und Waffen geben, wie auch Ohnegrund, dem Reitknecht, denn dieser sollte den Schreiber des Gesandten vorstellen. Der König und der Kanzler unterrichteten den Hauptmann, was er zu sagen hätte bei der Unterhandlung, und nahm beiden das Versprechen ab, daß sie auf der ganzen Reise nur Wasser trinken sollten, damit nachher das Treffen im Keller um so glorreicher würde; Gutekunst aber, der Hauptmann, mußte seine rote Nase mit einer künstlichen Salbe anstreichen, auf daß sie weiß aussah, damit man nicht merke, welch ein Kunde er sei.

Ganz elendiglich vom vielen Wassertrinken kamen die beiden nach der Stadt Bremen, und nachdem sie bei dem Bürgermeister gewesen, sagte dieser zum Senat: ›O, was hat uns der Schwede für zwei bleiche, magere Gesellen geschickt; heute abend wollen wir sie in den Ratskeller führen und zudecken. Ich nehme den Gesandten auf mich ganz allein, und der Doktor Schnellpfeffer muß auf den Schreiber.‹ So wurden sie denn abends nach der Betglocke feierlichst in den Ratskeller geführt, der Bürgermeister führte Gutekunsten, den Hauptmann, der Doktor Schnellpfeffer, was auch ein guter Trinker war, führte den Reitknecht am Arm, der als Schreiber angetan, sich recht züchtiglich gebärdete; hinter ihnen gingen viele Ratsherren, die zur Verhandlung geladen waren. Hier in diesem Gemach setzten sie sich um den Tisch und verspeisten zuerst Hasenbraten und Schinken und Heringe, um sich zum Trinken zu rüsten. Dann wollte der Gesandte ganz ehrbar mit der Verhandlung anfangen, und sein Schreiber zog Pergament und Feder aus der Tasche;

aber der Bürgermeister sprach: ›Mit nichten also, Ihr edlen Herren; so ist es nicht Gebrauch in Bremen, daß man die Sache also trocken abmacht; wollen einander vorerst auch zutrinken nach Sitte unserer Väter und Großväter.‹ – ›Kann eigentlich nicht viel vertragen,‹ antwortete der Hauptmann, ›dieweil es aber Seiner Magnifizenz also gefällig, will ich ein Schlücklein zu mir nehmen.‹ Nun tranken sie sich zu und hielten ein Gespräch über Krieg und Frieden und über die Schlachten, so geliefert worden; die Ratsherren aber, um den Fremden mit gutem Beispiel voranzugehen, tranken sich weidlich zu und bekamen rote Köpfe. Bei jeder neuen Flasche entschuldigten sich die Fremden, wie sie gar den Wein nicht gewohnt wären und er ihnen zu Kopf steige; des freute sich der Bürgermeister, trank in seiner Herzenslust ein Paßglas um das andere, so daß er nicht mehr recht wußte, was zu beginnen. Aber, wie es zu gehen pflegt in diesem wunderbaren Zustande, er dachte: jetzt ist er betrunken, der Gesandte, und auch dem Schreiber hat der Doktor tüchtig zugesetzt; und sprach daher: ›Nun wollen wir anfangen mit unserem Geschäft.‹ Das waren die Fremden zufrieden, taten, wie wenn sie voll Weines wären und tranken auf ihrer Seite den Herren weidlich zu.

Da wurde nun gesprochen und getrunken, gehandelt und wieder getrunken, bis der Bürgermeister mitten im Satz einschlief, und der Doktor Schnellpfeffer unter dem Tische lag. Da kamen denn die anderen Ratsherren und tranken den Fremden zu und führten die Verhandlung fort; aber trank der Hauptmann lästerlich, so machte es sein Reitknecht noch schlimmer; fünf Küper mußten immer hin- und herlaufen und einschenken, denn der Wein verschwand von dem Tisch, als wäre er in den Sand gegosssen worden. So geschah es, daß die Gäste nacheinander den ganzen Rat unter den Tisch tranken bis auf einen.

Dieser eine aber war ein großer starker Mann, mit Namen Walter, von welchem man allerlei sprach in Bremen, und wäre er nicht im Rat gesessen, man hätte ihn längst böser Künste und Zauberei angeklagt. Herr Walter war seines Zeichens eigentlich ein Zirkelschmied gewesen, hatte sich aber hervorgetan in seiner Gilde, war unter die Ältermänner gekommen und nachher in den Senat. Dieser hielt aus bei den Gästen, trank zweimal so viel als beide, so daß ihnen ganz unheimlich wurde, denn er war so verständig wie zuvor, während der Hauptmann schon trübe Augen bekam und glaubte, es gehe ihm ein Rad im Kopf herum. So oft der Senator Walter ein Paßglas getrunken, fuhr er mit der Hand unter den Hut, und dem Reitknecht kam es vor, als sähe er ein bläuliches Wölkchen ganz fein wie Nebel aus seinem rabenschwarzen Haar hervorsteigen. Er trank wacker drauflos, bis der Hauptmann Gutekunst selig einschlief und sein Haupt ganz weich auf des Bürgermeisters Bauch legte.

Da sprach der Senator Walter mit sonderbarem Lächeln zu dem Schreiber des Gesandten: ›Lieber Geselle, Du führst einen mächtigen Zug, ich vermeine aber, daß Du mit dem Roßstriegel besser fortkommst als mit der Feder.‹ Da erschrak der Schreiber und sprach: ›Wie meinet Ihr dies, Herr? Ich will nicht hoffen, daß Ihr mir Hohn sprechen wollt; bedenket, daß ich Seiner Majestät Gesandtschaftsschreiber bin.‹

›Hoho!‹ rief der andere mit schrecklichem Lachen, ›seit wann haben denn ordentliche Gesandtschaftsschreiber solche Kittel an und führen solche Federn bei der Sitzung?‹ Da sah der Reitknecht auf sein Kleid und bemerkte mit großem Schrecken, daß er seinen gewöhnlichen Stallkittel anhabe, er sah auf seine Hand, und siehe da, statt der Feder hielt er eine ganz gemeine Kratzbürste. Da entsetzte er sich und sah sich verraten und wußte nicht, wie ihm geschah. Herr Walter aber lächelte seltsam und höhnisch und trank ihm einen Humpen von anderthalb Maß zu auf einen Zug, fuhr dann mit der Hand hinter die Ohren, und der Reitknecht sah ganz deutlich, wie ein feiner Nebel aus seinem Kopfe kam. ›Gott soll mich bewahren, Herr! daß ich fürder mit Euch trinke‹, rief er; ›Ihr seit ein Schwarzkünstler, wie ich nun vermute, und könnt mehr als Brotessen.‹

›Darüber wäre noch vielerlei zu sagen‹, antwortete Walter ganz ruhig und freundlich; ›aber es würde dir auch nicht viel helfen, wertgeschätzter Stallknecht und Roßkamm, wenn du mir fürder zusetztest mit trinken, mich trinkst du nicht unter den Tisch, wasmaßen ich einen kleinen Hahnen in mein Gehirn geschraubt habe, durch welchen der Weindunst wieder herausfährt. Schau zu!‹ Dabei trank er ein großes Paßglas aus, wandte seinen Kopf herüber zu dem Reitknecht Ohnegrund, strich sein Haar zurück, und siehe da, in seinem Kopf steckte ein kleiner silberner Hahn, wie an einem Faß; da drehte er den Zapfen um, und ein bläulicher Dunst strömte hervor, so daß ihm der Weingeist keine Beschwerden machte in der Hirnkammer.

Da schlug der Reitknecht vor Verwunderung die Hände zusammen und rief: ›Das ist einmal eine schöne Erfindung, Herr Zauberer! Könnet Ihr mir nicht auch so ein Ding an den Kopf schrauben, um Geld und gute Worte?‹ ›Nein, das geht nicht‹, antwortete jener bedächtig, ›da seid Ihr nicht erfahren genug in geheimer Wissenschaft; aber ich habe Euch liebgewonnen wegen Eurer absonderlichen Kunst im Trinken, darum möchte ich Euch gerne dienen, wo ich kann. Zum Beispiel, es ist gegenwärtig die Stelle des Kellermeisters vakant allhier. Balthasar Ohnegrund, verlaß den Dienst dieser Schweden, wo es doch mehr Wasser als Wein gibt, und diene dem wohledlen Rat dieser Stadt: wenn wir auch einige Lasten Wein mehr brauchen des Jahres, die Du heimlich saufest, das tut nichts, ein solcher Kapitalkerl hat uns längst gefehlt; Balthasar Ohnegrund, ich mach' dich morgen zum Kellermeister, wenn Du willst. Willst du nicht, so ist's auch gut; dann weiß aber morgen die ganze Stadt, daß uns der Schwede einen Reitknecht als Schreiber geschickt.‹ Dieser Vorschlag mundete dem Balthasar wie edler Wein; er tat einen Blick in dieses unermeßliche Weinreich, schlug sich auf den Magen und sagte: ›Ich will's tun.‹ Nachher machten sie noch allerlei Punkte aus, wie es gehalten werden solle nach Ohnegrunds zeitlichem Hinscheiden mit seiner armen Seele. Er wurde Kellermeister, der Hauptmann Gutekunst aber zog mit zweideutigen Bedingungen ab ins schwedische Lager, und als nachher die Kaiserlichen in die Stadt kamen, war der Bürgermeister und Senat froh, daß sie sich mit dem Schweden nicht zu tief eingelassen, obgleich keiner recht wußte, wie es so gekommen war.«

So erzählte die Rose, die Apostel und ich dankten ihr und lachten sehr über die beiden Gesandten; Paulus aber fragte:»Und Balthasar Ohnegrund, der wackere Kunde, was ist aus ihm geworden? Blieb er Kellermeister?« Die Rose aber wandte sich um mit Lächeln, deutete auf eine Ecke des Gemachs und sagte:»Dort sitzt er ja noch, wie vor zweihundert Jahren, der wackere Zecher.« Mir graute, als ich hinsah. Eine bleiche, abgehärmte Gestalt saß in der Ecke, schluchzte und weinte sehr und trank dazu sehr viel Rheinwein. Aber es war niemand anderes, als eben der Kellermeister Balthasar, der aus Unser Lieben Frauen Kirchhof herabgekommen war, nachdem ihn Matthäus aus dem Schlaf geschellt.

»Nun, alter Balthasar«, rief ihm Jakobus zu,»Du hast also als Reitknecht gedient beim Hauptmann Gutekunst und warst sogar Gesandtschaftsschreiber oder Sekretär, ehe du Kellermeister wurdest? Was machte denn der Herr, so den Hahnen im Hirnkasten hatte, für Bedingnisse?«

»O Herr!« stöhnte der alte Kellermeister aus tiefer Seele, und es war, als ob ihn der ewige Tod auf dem Fagott begleitete, so greulich tönte es aus seiner Brust.»O Herr! fordert nicht von mir, daß ich es sage.«

»Heraus damit!« schrien die Apostel.»Was wollte der mit dem Spiritusableiter? Der Weingeistschröpfer, was wollte er?«

»*Meine Seele.*«

»Armer Kerl«, sagte Petrus sehr ernst.»Und um was wollte er deine arme Seele?«

»Um Wein«, murmelte er dumpf, und mir war es, als ob eine Stimme ohne Hoffnung spräche.

»Rede deutlicher, Alter, wie hat er es gemacht mit deiner Seele?«

Er schwieg lange; endlich sprach er:»Warum dies erzählen, ihr Herren? Es ist grausig, und ihr versteht doch nicht, was es heißt, eine Seele verlieren.«

»Wohl wahr«, sprach Paulus.»Wir sind fröhliche Geister und schlummern im Wein, und freuen uns ewiger, ungetrübter Herrlichkeit und Freude. Darum kann uns aber auch kein Grauen anwandeln, denn wer hat Macht über uns, daß er uns elend mache oder uns schrecke? Darum erzähle!«

»Aber es sitzt ein Mensch am Tisch, der kann es nicht vertragen«, sprach der Tote; »vor ihm darf ich es nicht sagen.«

»Nur zu, immer zu«, erwiderte ich, an allen Gliedern schaudernd, »ich kann eine hinlängliche Dosis Schauerliches ertragen, und was ist es am Ende, als daß Euch der Teufel geholt?«

»Herr, es wäre Euch besser, Ihr betetet«, murmelte der Alte. »Aber Ihr wollt es so haben, so höret: Der Mensch, der in jener Nacht in diesem Zimmer bei mir saß – es war ein böses Ding mit ihm – der hatte seine Seele dem Bösen verhandelt, und es war dabei bedingt, daß er sich loskaufen könnte durch eine andere Seele. Schon viele hatte er auf dem Korn gehabt, aber allemal waren sie ihm wieder entgangen. Mich faßte er besser. Ich war wild aufgewachsen ohne Unterricht, und das Leben im Kriege ließ mich nicht viel nachdenken. Wenn ich so über ein Schlachtfeld ritt, und der Mondschein fiel herab, und Freund und Feind niedergemähet da lagen, da dachte ich: sie sind jetzt halt tot und leben nicht mehr. Von der Seele hielt ich nicht viel und vom Himmel und Hölle hielt ich noch weniger. Aber weil man so kurz lebt, wollt' ichs Leben recht genießen, und Wein und Spiel war mein Element. Das hatte mir der Höllenknecht abgemerkt und sprach zu mir in jener Nacht: ›So zwanzig, dreißig Jahre zu leben in diesem Kellerreich, in diesem Weinhimmel zu trinken nach Herzenslust, nicht wahr, Balthasar, das müßt' ein Leben sein?‹ ›Ja, Herr‹, sprach ich, ›aber wie könnte ich dies verdienen?‹ ›An was liegt dir mehr‹, fuhr er fort, ›hier recht zu leben nach Herzenslust auf der Erde, hier im Keller, oder an den Geschichten die sich nachher begeben, wo man gar nicht weiß, ob man nur noch lebt und Wein trinkt?‹ Ich tat einen gräßlichen Schwur und sagte: ›Meine Gebeine werden dahin fahren, wo die Gebeine meiner Gesellen liegen. Ist der Mensch tot, so fühlt er nicht und denkt nicht. Hab' es an manchem Kameraden erlebt, dem die Kugel das Hirn zerschmetterte, darum will ich leben und lustig sein.‹ Er aber sprach zu mir: ›Wenn du Verzicht leisten willst auf das, was nachher kommt, so ist es ein leichtes, dich hier zum Kellermeister zu machen; schreib nur deinen Namen in dies Büchlein und tu einen recht tüchtigen Schwur dazu.‹ ›Was nachher mit mir geschieht, das kümmert mich nicht‹, sprach ich; ›Kellermeister will ich hier sein immerdar und ewiglich, solang ich bin, und der Teufel, oder wer will, kann das andere haben, alles, wenn sie mich einst einscharren.‹

Als ich so gesprochen, waren wir nicht mehr zu zwei, sondern ein dritter saß neben mir und hielt mir das Büchlein hin zum Unterschreiben. Der aber, der dies tat, war nicht der Zirkelschmied, sondern ein anderer.«

»Wer war es denn? Sag an!« riefen die Apostel ungeduldig.

Die Augen des alten Kellermeisters funkelten greulich, und seine bleichen Lippen bebten. Er setzte mehreremal an, um zu sprechen, aber ein Krampf schien ihm die Kehle zuzuschnüren. Da blickte er auf einmal fest und mutig in eine dunkle Ecke, trank sein Glas aus und warf es an die Erde. »Was hilft alle Reue, alter Balthasar!« sprach er, indem große Tränen in seinen Wimpern hingen. »Der bei mir saß – war der Teufel.«

Es war bei diesen Worten unheimlich, bis zur Verzweiflung unheimlich in dem Gemach. Die Apostel schauten ernst und schweigen in ihre Römer, Bacchus hatte das Gesicht in die Hände gedrückt, und die Rose war bleich und stille. Kein Atemzug rührte sich, man hörte nur, wie in dem Totenkopf des Alten die Zähne schaudernd aneinander klapperten.

»Mein Vater hatte ich gelehrt, meinen Namen zu schreiben, als ich noch ein kleiner, frommer Knabe war. Ich unterschrieb ihn ins Buch, das mir der andere mit seinen Krallen vorhielt. Von da an ging mit ein Leben auf in Saus und Braus. In ganz Bremen gab es keinen Mann so fröhlich als den Kellermeister Balthasar, und getrunken hab' ich, was der Keller Gutes und Köstliches hatte. Zur Kirche ging ich nie, sondern wenn sie zusammenläuteten, schritt ich hinab zum besten Faß und schenkte mir ein nach Herzenslust. Als ich alt wurde, kam oft ein Grauen über mich, und es fröstelte mir durch die Glieder, wenn ich ans Sterben dachte. Hatte zwar kein Weib, das um mich jammerte, aber auch keine Kinder, die mich trösteten; da trank und denn, wenn die Todesgedanken über mich kamen, bis ich von Sinnen war und schlief. So trieb ich's lange Jahre, mein Haar ward grau, meine Glieder schwach, und ich sehnte mich zu schlagen im Grabe. Da war mir eines Tages, als sei ich erwacht und könne doch nicht recht erwachen. Die Augen wollten sich nicht auftun, die Finger waren steif, als ich mich aus dem Bette heben wollte, und die Beine lagen starr wie ein Stück Holz. An mein Bett aber traten Leute, betasteten mich und sprachen: ›Der alte Balthasar ist tot.‹

Tot, dachte ich und erschrak, tot und nicht schlafen? Tot bin ich und *denke*? Mich erfaßte eine unnennbare Angst, ich fühlte, wie mein Herz stille stand, und wie sich doch etwas in mir regte und in sich zusammenzog und bange war. Das war mein *Körper* nicht, denn er lag steif und tot, was war es denn?«

»Deine Seele!« sprach Petrus dumpf. »*Deine Seele!*« flüsterten die andern ihm nach.

»Da maßen sie meine Länge und Breite, um die sechs Brettlein fertig zu machen, und legten mich hinein und ein hartes Kissen von Hobelspänen unter meinen Schädel, und nagelten die Bahre zu, und meine Seele wurde immer ängstlicher, weil sie nicht schlafen konnte. Dann hörte ich die Totenglocke läuten auf der Domkirche, sie hoben mich auf und kein Auge weinte um mich. Sie trugen mich auf Unser Lieben Frauen Kirchhof, dort hatten sie mein Grab gegraben, noch höre ich die Seile schwirren, die sie heraufgezogen, als ich unten lag; dann warfen sie Steine und Erde herab, und es ward stille um mich her.

Aber meine Seele zitterte heftiger als es Abend wurde, als es zehn Uhr, elf Uhr schlug auf allen Glocken. Wie wird es dir gehen? dachte ich bei mir. Ich wußte noch ein Gebetlein aus alter Zeit, das wollte ich sprechen, aber meine Lippen standen still. – Da schlug es zwölf Uhr, und mit einem Ruck war die schwere Grabesdecke abgerissen, und auf meinen Sarg geschah ein schrecklicher Schlag.«

Ein Schlag, daß die Hallen dröhnten, sprengte jetzt eben die Türe des Gemaches auf, und eine große weiße Gestalt erschien auf der Schwelle. Ich war durch Wein und die Schrecknisse dieser Nacht so exaltiert und außer mir selbst gebracht, daß ich nicht aufschrie, nicht aufsprang, wie wohl sonst geschehen wäre, sondern geduldig das Schreckliche anstarrte, das jetzt kommen sollte. Mein erster Gedanke war nämlich: »Jetzt kommt der Teufel.«

Habt Ihr je im Don Juan jenen bangen Moment geschaut, wo Tritte dumpf und immer näher tönen, wo Leporello schreiend zurückkommt, und die Statue des Gouverneurs, ihrem Streitroß auf dem Monument entstiegen, zum Gastmahl kommt? Riesengroß, mit abgemessenem, dröhnendem Schritt, ein ungeheures Schwert in der Hand, gepanzert, aber ohne Helm, trat die Gestalt ins Gemach. Sie war von Stein, das Gesicht steif und seelenlos. Aber dennoch tat sich der steinerne Mund auf und sprach: »Gott grüß euch, vielliebe Reben vom Rheine. Muß doch das schöne Nachbarskind besuchen an ihrem Jahrestag. Gott grüß Euch, Jungfrau Rose. Darf ich auch Platz nehmen in Eurem Gelaggaden?«

Sie schauten alle verwundert nach der riesigen Statue. Frau Rose aber brach das Stillschweigen, schlug vor Freude die Hände zusammen und schrie: »Ei, du meine Güte! 's ist ja der steinerne Roland, so seit vielen hundert Jahren auf dem Domhofe in der lieben Stadt Bremen steht. Ei, das ist schön, daß Ihr uns die Ehre antuet, Herr Ritter: leget doch Schild und Schwert ab und machet es Euch bequem; wollet Ihr Euch nicht obenan setzen an meine Seite? O Gott, wie mich das freut!«

Der hölzerne Weingott, so indessen wieder um ein Erkleckliches gewachsen, warf mürrische Blicke bald auf den steinernen Roland, bald auf die naive Dame seines Herzens, die ihre Freude so laut und unverhohlen ausgelassen. Er murmelte etwas von ungebetenen Gästen und strampelte ungeduldig mit den Beinen. Aber Rose drückte ihm unter dem Tische die Hand und beschwichtigte ihn durch süße Blicke. Die Apostel waren näher zusammengerückt und hatte dem steinernen Gast einen Stuhl neben dem alten Fräulein eingeräumt. Er legte Schwert und Schild in die Ecke und setzte sich ziemlich ungelenk auf das Stühlchen, aber ach, dies war für ehrsame Bremer Stadtkinder und nicht für einen steinernen Riesen gemacht; es knackte, als er sich setzte, morsch zusammen, und so lang er war, lag er im Gemach.

»Schnödes Geschlecht, das solche Hütschen zimmert, worauf zu meiner Zeit nicht einmal ein zartes Fräulein hätte sitzen können, ohne mit dem Sitz durchzubrechen!« sagte der Heros und stand langsam auf; der Kellermeister Balthasar aber rollte ein Halbeimerfaß herbei an den Tisch und lud den Ritter ein, Platz zu nehmen. Es knackten nur ein paar Dauben, als er sich setzte, aber das Faß hielt aus. Dann bot ihm der Kellermeister ein großes Römerglas mit Wein, er faßte er mit der breiten steinernen Faust, aber krach! war es entzwei, daß ihm der Wein über die Finger lief. »Ei, Ihr hättet auch die Handschuhe von Stein füglich ablegen können«, sprach Balthasar ärgerlich und kredenzte ihm einen silbernen Becher, so ein Maß hielt und in früherer Zeit Tummler genannt wurde. Der Ritter faßte ihn, drückte nur einige unbedeutende Buckeln in den Becher, sperrte das steinerne Maul auf und goß den Wein hinab.

»Wie mundet Euch der Wein?« fragte Bacchus den Gast; »Ihr habt wohl lange keinen mehr getrunken?«

»Er ist gut, bei meinem Schwert! Sehr gut! Was ist es für Gewächs?«

»Roter Ingelheimer, gestrenger Herr!« antwortete der Kellermeister.

Das steinerne Auge des Ritters bekam Leben und Glanz, als er dies hörte, die gemeißelten Züge verschönerte ein sanftes Lächeln, und vergnüglich schaute er in den Becher.

»*Ingelheim!* Du süßer, trauter Name!« sprach er. »Du edle Burg meines ritterlichen Kaisers; so nennt man noch also in dieser Zeit deinen Namen, und die Reben blühen noch, die Karl einst pflanzte in seinem Ingelheim? Weiß man denn auch von Roland noch etwas auf der Welt und von dem großen Carolus, seinem Meister?«

»Das müßt Ihr den Menschen dort fragen«, erwiderte Judas, »wir geben uns mit der Erde nicht mehr ab. Er nennt sich Doktor und Magister und muß Euch Bescheid geben können über sein Geschlecht.«

Der Riese richtete sein Auge fragend auf mich, und ich antwortete: »Edler Paladin! Zwar ist die Menschheit in dieser Zeit lau und schlecht geworden, ist mit dem hohlen Schädel an die Gegenwart genagelt und blickt nicht vor-, nicht rückwärts; aber so elend sind wir doch nicht geworden, daß wir nicht der großen, herrlichen Gestalten gedächten, die einst über unsere Vatererde gingen und ihren Schatten werfen noch bis zu uns. Noch gibt es Herzen, die sich hinüber retten in die Vergangenheit, wenn die Gegenwart zu schal und trübe wird, die höher schlagen bei dem Klang großer Namen und mit Achtung durch die Ruinen wandeln, wo einst der große Kaiser saß in seiner Zelle, wo seine Ritter um ihn standen, wo Eginhart bedeutungsvolle Worte sprach, und die traute Emma dem treuesten seiner Paladine den Becher kredenzte. Wo man den Namen Eures großen Kaisers ausspricht, da ist auch Roland unvergessen, und wie Ihr ihm nahe standet im Leben, so enge seid Ihr mit ihm verbunden in Lied und Sage und in den Bildern der Erinnerung. Der letzte Ton Eures Hifthorns tönt noch immer aus dem Tal von Ronceval durch die Welt und wird tönen, bis er sich in die Klänge der letzten Posaune mischt.«

»So haben wir nicht vergebens gelebt, alter Karl!« sprach der Ritter, »die Nachwelt feiert unsere Namen.«

»Ha!« rief Johannes feurigen Mutes; »diese Menschen wären auch wert, Wasser aus dem Rhein zu saufen, statt des Rebenblutes seiner Hügel, wenn sie den Namen des Mannes vergessen hätten, der zuerst die Reben pflanzte im Rheingau. Auf, ihr trauen Gesellen und Apostel, stoßet an, unser herrlicher Stammvater lebe, es lebe *Kaiser Karl der Große*!«

Die Römer klangen, aber Bacchus sprach: »Ja, es war eine schöne, herrliche Zeit, und ich freue mich ihrer wie vor tausend Jahren. Wo jetzt die wundervollen Weingärten stehen vom Ufer bis hinauf an die Rücken der Berge, und hinauf und hinab im Rheintal Traube an Traube sich schlingt, da lag sonst wüster, düsterer Wald. Da schaute einst Kaiser Karl aus seiner Burg in Ingelheim an den Bergen hin, er sah, wie die Sonne schon im März so warm diese Hügel begrüße und den Schnee hinabrolle in den Rhein, wie so frühe die Bäume dort sich belauben, und das junge Gras dem Frühling voraneile aus der Erde. Da erwachte in ihm der Gedanke, Wein zu pflanzen, wo sonst der Wald lag.

Und ein geschäftiges Leben regte sich im Rheingau bei Ingelheim, der Wald verschwand, und die Erde war bereit, den Weinstock aufzunehmen. Da schickte er Männer nach Ungarn und Spanien, nach Italia und Burgund, nach der Champagne und nach Lothringen, und ließ Reben herbeibringen und senkte die Reiser in der Erde Schoß.

Da freute sich mein Herz, daß er mein Reich ausbreitete im deutschen Lande, und als dort die ersten Reben blühten, zog ich ein im

Rheingau mit glänzendem Gefolge; wie lagerten auf den Hügeln und schafften in der Erde und schafften in den Lüften, und meine Diener breiteten die zarten Netze aus und fingen den Frühlingstau auf, daß er den Reben nicht schade; sie stiegen hinauf und brachten warme Sonnenstrahlen nieder, die sie sorgsam um die kleinen Beerlein gossen, schöpften Wasser im grünen Rhein und tränkten die zarten Wurzeln und Blätter. Und als im Herbst das erste zarte Kind des Rheingaues in der Wiege lag, da hielten wir ein großes Fest und luden alle Elemente zur Feier ein. Und sie brachten köstliche Geschenke und legten sie dem Kindlein als Angebinde in die Waage. Da Feuer legte seine Hand auf des Kindes Auge und sprach: Du sollst mein Zeichen an dir tragen ewiglich; ein reines, mildes Feuer soll in dir wohnen und dich wert machen vor allen andern. Und die Luft in zartem, goldenen Gewande kam heran, legte ihre Hand auf des Kindes Haupt und sprach: Zart und licht sei deine Farbe, wie der goldene Saum des Morgens auf den Hügeln, wie das goldene Haar der schönen Frauen im Rheingau. Und das Wasser rauschte heran in silbernen Kleidern, bückte sich auf das Kind und sprach: Ich will deinen Wurzeln immer nahe sein, daß dein Geschlecht ewig grüne und blühe und sich ausbreite, so weit mein Rheinstrom reicht. Aber die Erde kam und küßte das Kindlein auf den Mund und wehte es an mit süßem Atem. Die Wohlgerüche meiner Kräuter, sprach sie, die herrlichsten Düfte meiner Blumen habe ich für dich gesammelt zum Angebinde. Die köstlichsten Salben aus Ambra und Myrrhen werden gering sein gegen deine Düfte, und deine lieblichsten Töchter wird man nach der Königin der Blumen heißen – die *Rosen*.

So sprachen die Elemente; wir aber jubelten über die herrlichen Gaben, schmückten das Kindlein mit frischem Weinlaub und schickten es dem Kaiser in die Burg. Und er erstaunte über die Herrlichkeit des Rebenkindes, hat es fortan gehegt und gepflegt und die Rebe am Rhein seinen herrlichsten Schätzen gleich geachtet.«

»Andreas!« rief die Jungfrau Rose. »Lieber Vetter, Du hast solch eine schöne, zarte Stimme, willst Du nicht singen zum Ruhme des Rheingaues und seiner Weine?«

»Wenn es Euch erheitert, edle Jungfrau, Und Euch nicht Beschwer macht, edler Bacchus, wie auch Euch nicht unangenehm ist, mein Herr und Ritter Roland, so will ich eines singen.« Und er sang eine schöne Weise voll zarter Töne und Worte, klangvoll und zierlich gefüget, so, daß man wohl merken konnte, es sei ein Lied eines alten Meisters von 1400 oder 1500. Verflogen sind seine Worte aus meinem Gedächtnis, aber seine Weise möchte ich doch wohl finden, denn sie war einfach und schön, und Petrus begleitete ihn mit einem sonoren herrlichen Sekund. Die Lust des Gesanges schien über alle herabzukommen, denn als Andreas geendet, sang Judas unaufgefordert ein Lied, und ihm folgten die übrigen. Selbst Rose, so sehr sie sich zierte, mußte ein Lied von 1615 singen, was sie mit angenehmer, etwas zitternder Stimme vortrug. Mit dröhnendem Baß sang Roland eine Kriegshymne der Franken, von welcher ich nur einige Worte verstand, und endlich, als sie alle gesungen, schauten sie auf mich, und Rose nickte mir zu, etwas zu singen. Da hub ich denn an:

> Am Rhein, am Rhein, da wachsen unsre Reben,
> Da wächst ein deutscher Wein;
> Da wachsen sie am Ufer hin und geben
> Uns diesen Labewein.

Sie lauschten, als sie diese Worte hörten, sie nickten sich zu und rückten näher zusammen; und die Entfernteren streckten die Köpfe vor, als wollten sie kein Wort verlieren. Mutiger erhob ich meine Stimme, lauter und immer lauter ward mein Gesang, denn es wogte in mir wie Begeisterung, vor solchem Publikum zu singen. Die alte Rose nickte den Takt mit dem Kopfe und summte den Chorus leise, leise mit, und Freude und Stolz blickten aus den Augen der Apostel. Und als ich geendet, drängten sie sich zu, drückten mir die Hände, und Andreas hauchten einen Kuß auf meine Lippen.

»Doktor!« rief Bacchus, »Doktor, welch ein Lied! Wie geht einem da das Herz auf! Herzensdoktor, hast du das Lied gedichtet in deinem eigenen graduierten Gehirn?«

»Nein, Euer Exzellenz! solch ein Meister des Gesanges bin ich nicht. Aber den, der es gedichtet, haben sie längst begraben; er hieß Matthias Claudius!«

»*Sie haben – einen guten Mann begraben*«, sagte Paulus. »Wie klar und munter ist dies Lied, so klar und helle wie echter Wein, so mutig und munter wie der Geist, der im Weine wohnet, und gewürzt mit Scherz und Laune, die wie ein würziger Duft aus dem Römer steigen; der Mann hat gewiß verstanden, welch gutes Ding es um ein Glas lautern Weines ist.«

»Herr, er ist lange tot, das weiß ich nicht, aber ein anderer großer Sterblicher hat gesagt: Guter Wein ist ein gutes, geselliges Ding und jeder Mensch kann sich wohl einmal von ihm begeistern lassen. Und ich denke, der alte Matthias hat auch so gedacht unter guten Freunden, hätte ja sonst solch ein schönes Lied nicht machen können, das noch heute alle fröhlichen Menschen singen, die im Rheingau wandeln oder edlen Rheinwein trinken.«

»Singen sie das?« rief Bacchus. »Nun seht, Doktor, das freut mich, und so gar miserabel muß Euer Geschlecht doch nicht geworden sein, wenn sie so klare, schöne Lieder haben und singen.«

»Ach, Herr!« sprach ich bekümmert. »Es gibt der *Überschwenglichen* gar viele, das sind die Pietisten in der Poesie, und wollen solch' Lied gar nicht für ein Gedicht gelten lassen, wie manchen Frömmlern das Vaterunser nicht mystisch genug zum Beten ist.«

»Es hat zu jeder Zeit Narren gegeben, Herr!« erwiderte mir Petrus. »Und jeder fegt am besten vor seiner eigenen Türe. Aber weil wir gerade bei seinem Geschlecht sind, erzähl' er uns doch, wie es auf der Erde ging im letzten Jahr?«

»Wenn es die Herren und Damen interessiert« – sprach ich zögernd.

»Immer zu«, rief Roland, »wegen meiner könntet Ihr die letzten fünfhundert Jahre erzählen, denn auf meinem Domhofe sehe ich nichts als Zigarrenmacher, Weinbrauer, Pfarrer und alte Weiber.« Auch die übrigen stimmten mit ein; ich hob also an: »Was zuerst die deutsche Literatur betrifft –«.

»Halt, manum de tabula!« rief Paulus. »Was scheren wir uns um Euer miserables Geschmier, um Eure kleinlichen, ekelhaften Gassenstreite und Kneipenraufereien, um Eure Poetaster, Afterpropheten und –«

Ich erschrak; wenn diesen Leuten nicht einmal unsere wunderherrliche, magnifike Literatur interessant war, was konnte ich ihnen denn sagen? Ich besann mich und fuhr fort: »Offenbar hat Joko im letzten Jahre, was das Theater anbelangt –«

»Theater? Geht mir weg!« unterbrach Andreas. »Was sollen wir von Euren Puppenspielen, Marionettenkomödien und sonstigen Torheiten hören! Meinet Ihr etwa, uns komme viel darauf an, ob einer Eurer Lustspieldichter ausgepfiffen wurde oder nicht? Habt Ihr denn dermalen gar nichts Interessantes, nichts Welthistorisches, das Ihr etwa erzählen könntet?«

»Ach, daß Gott erbarm«, erwiderte ich, »bei uns ist die Welthistorie ausgegangen, wir haben in diesem Fach nur noch den Bundestag in Frankfurt. Bei unsern Nachbarn höchstens gibt es noch hin und wieder etwas; zum Beispiel in Frankreich haben die Jesuiten wieder Macht gewonnen und das Zepter an sich gerissen, und in Rußland sollte es eine Revolution geben.«

»Ihr verwechselt die Namen, Freund!« sagte Judas, »Ihr wolltet sagen, in Rußland sind die Jesuiten wieder eingezogen, und in Frankreich sollte es eine Revolution geben.«

»Mit nichten, Herr Judas von Ischarioth«, antwortete ich, »so ist es, wie ich gesagt.«

»Ei der tausend!« murmelten sie nachdenklich, »das ist ja ganz sonderbar und verkehrt!« – »Und«, fragte Petrus, »Krieg gibt es nicht?«

»Ein klein wenig, wird aber bald vollends zu Ende sein, in Griechenland, gegen die Türken.«

»Ha! das ist schön«, rief der Paladin und schlug mit der steinernen Faust auf den Tisch. »Hat mich schon vor vielen Jahren geärgert, daß die Christenheit so schnöde zuschaute, wie der Muselman dies herrliche Volk in Banden hielt; das ist schön, – wahrlich! Ihr lebet in einer schönen Zeit, und Euer Geschlecht ist edler, als ich dachte. Also die Ritter von Deutschland und Frankreich, von Italien, Spanien und England sind ausgezogen, wie einst unter Richard Löwenherz, die Ungläubigen zu bekämpfen? Die Genueser Flotte schifft im Archipel, die Tausende der Streiter überzusetzen, die Oriflamme naht sich Stambuls Küsten, und Österreichs Banner weht in der ersten Reihe? Ha! zu solchem Kampfe möchte ich selbst noch einmal mein Roß besteigen, mein gutes Schwert Durande ziehen und in mein Hifthorn stoßen, daß alle Helden, die da schlafen, aufstünden aus den Gräbern und mit mir zögen in die Türkenschlacht.«

»Edler Ritter«, antwortete ich und errötete vor meiner Zeit, »die Zeiten haben sich geändert. Ihr würdet wahrscheinlich als Demagoge verhaftet werden bei sotanen Umständen und Verhältnissen, denn weder Habsburgs Banner noch die Oriflamme, weder Englands Harfe noch Hispaniens Löwen sieht man in jenen Gefechten.«

»Wer ist es denn, der gegen den Halbmond schlägt, wenn es nicht diese sind?«

»Die Griechen selbst.«

»Die Griechen? Ist es möglich?« rief Johannes. »Und die andern Staaten, wo sind denn diese beschäftigt?«

»Noch haben sie Gesandte bei der Pforte.«

»Mensch, was sagst du?« sprach Roland starr vor Staunen. »Kann man es ignorieren, wenn ein Volk um seine Freiheit kämpft? Heilige Jungfrau, was ist dies für eine Welt! Wahrlich, das möchte einen Stein erbarmen!« Er quetschte im Zorn, während er die letzten Worte sprach, den silbernen Becher wie dünnes Zinn zusammen, daß der Wein darin an die Decke spritzte, fuhr rasselnd auf vom Tisch, nahm seine Tartsche und sein langes Schwert und schritt düster mit dröhnenden Schritten aus dem Gemach.

»Ei, was ist der steinerne Roland für ein zorniger Kumpan!« murmelte Rose, nachdem er die Pforte klirrend zugeworfen, indem sie etliche Weintropfen, die sie benetzten, vom Busentuch abschüttelte. »Will der steinerne Narr auf seine alten Tage noch zu Felde ziehen! Wenn er sich sehen ließe, sie steckten ihn gleich ohne Barmherzigkeit als Flügelmann unter die Brandenburger Grenadiere, denn die Größe hat er.«

»Jungfer Rose«, erwiderte ihr Petrus, »zornig ist er, das ist wahr, und er hätte können auf andere Weise davongehen; aber bedenket, daß er einst Furioso, wahnsinnig war und noch ganz andere Sachen getan als silberne Becher zerquetscht und Frauenzimmer mit Wein besudelt. Und genau beim Lichte besehen, kann ich ihm seinen Unmut auch nicht verdenken; war er doch auch einmal ein Mensch und dazu ein herrlicher Paladin des großen Kaisers, ein tapferer Ritter, der, wenn es Karl gewollt hätte, allein gegen tausend Muselmanen zu Felde gezogen wäre. Da hat er sich denn geschämt und ist unmutig geworden.«

»Laßt ihn laufen, den steinernen Recken!« rief Bacchus, »hat mich geniert, der Bursche, hat mich geniert. Er paßt nicht unter uns, der Lümmel von zehn Schuh, er sah immer höhnisch auf mich herab. Die ganze Freudigkeit und mein Vergnügen hätt' er gestört. Wir wären nicht zum Tanzen gekommen, nur weil er mit seinen steifen, steinernen Beinen keinen tüchtigen Hopser hätte riskieren können, ohne elend umzustülpen.«

»Ja tanzen, heisa, tanzen!« riefen die Apostel; »Balthasar spiel' auf, spiel' auf!«

Judas stand auf, zog ungeheure Stülphandschuhe an, die ihm beinahe bis zum Ellbogen reichten, trat zierlich an die Jungfrau heran und sagte: »Ehrenfeste und allerschönste Jungfer Rose, dürfte ich mir die absonderliche Ehre ausbitten, mit Ihr den ersten –«

»Manum de – unterbrach ihn Bacchus pathetisch. »Ich bin es, der den Ball arrangiert hat, und ich muß ihn eröffnen. Tanze Er, mit wem er will, Meister Judas, mein Röschen tanzt mit mir. Nicht wahr, Schätzerl?«

Sie machte errötend einen Knicks zur Bejahung, und die Apostel lachten den Judas aus und verhöhnten ihn. Mir aber winkte der Weingott heroisch zu. »Versteht Er Musik, Doktor?« fragte er.

»Ein wenig.«

»Taktfest?«

O ja, taktfest wohl.«

»Nun, so nehme Er dies Fäßlein da, setze er sich neben Balthasar Ohnegrund, unseren Kellermeister und Zinkenisten, nehme er diese hölzernen Küperhämmer zur Hand und begleite jenen mit der Trommel.«

Ich staunte und bequemte mich. War aber schon meine Trommel etwas außergewöhnlich, so war Balthasars Instrument noch auffallender. Er hielt nämlich einen eisernen Hahnen von einem achtfudrigen Faß an den Mund, wie eine Klarinette. Neben mich setzten sich noch Bartholomäus und Jakobus mit ungeheuren Weintrichtern, die sie als Trompeten handhabten und warteten des Zeichens. Der Tisch wurde auf die Seite gerückt, Rose und Bacchus stellten sich zum Tanze. Er winkte, und eine schreckliche, quiekende, mißtönende Janitscharenmusik brach los, zu der ich im Sechsachteltakte auf mein Faß als Tambour aufschlegelte. Der Hahn, den Balthasar blies, tönte wie eine Nachtwächtertute und wechselte nur zwischen zwei Tönen, Grundton und abscheulich hohem Falsett, die beiden Trichtertrompeter bliesen die Backen auf und lockten aus ihren Instrumenten Angst- und Klagelaute, so herzdurchschneidend, wie die Töne der Tritonen, wenn sie die Meermuscheln blasen.

Der Tanz, den die beiden aufführten, mochte wohl vor ein paar hundert Jahren üblich gewesen sein. Jungfer Rose hatte mit beiden Händen ihren Rock ergriffen und solchen an den Seiten weit ausgespannt, daß sie anzusehen war wie ein großes, weites Faß. Sie bewegte sich nicht sehr weit von der Stelle, sondern trippelte hin und her, indem sie bald auf-, bald niedertauchte und knickste. Lebendiger war dagegen ihr Tänzer, der wie ein Kreisel um sie herfuhr, allerlei kühne Sprünge machte, mit den Fingern knallte und Heisa, Juhe! schrie. Wunderlich war es anzusehen, wie das kleine Schürzlein der Jungfer Rose, das ihm Balthasar umgetan, hin und her flatterte in der Luft, wie seine Beinchen umherbaumelten, wie sein dickes Gesicht lächelte vor inniger Herzenslust und Freude.

Endlich schien er ermüdet, er winkte Judas und Paulus herbei und flüsterte ihnen etwas zu. Sie banden ihm die Schürze ab, faßten solche an beiden Enden und zogen und zogen, so daß sie plötzlich so groß wurde wie ein Bettuch. Dann riefen sie die andern herbei, stellten sie rings um das Tuch und ließen es anfassen. »Ha«, dachte ich, »jetzt wird wahrscheinlich der alte Balthasar ein wenig geprellt, zu allgemeiner Ergötzung. Wenn nur das Gewölbe nicht so niedrig wäre, da kann er leicht den Schädel einstoßen.« Da kam Judas und der starke Bartholomäus auf uns zu und faßten – *mich*; Balthasar Ohnegrund lachte hämisch; ich bebte, ich wehrte mich; es half nichts, Judas faßte mich fest an der Kehle und drohte mich zu erwürgen, wenn ich mich ferner sträubte. Die Sinne wollten mir vergehen, als sie mich unter allgemeinem Jauchzen und Geschrei auf das Tuch legten; noch einmal raffte ich mich zusammen. »Nur nicht zu hoch, meine werten Gönner, ich renne mir sonst das Hirn ein am Gewölbe«, rief ich in der Angst des Herzens, aber sie lachten und überschrien mich. Jetzt fingen sie an, das Tuch hin und her zu wiegen, Balthasar blies den Trichter dazu. Jetzt ging es auf und abwärts, zuerst drei, vier, fünf Schuh hoch, auf einmal schnellten sie stärker, ich flog hinauf und – wie eine Wolke tat sich die Decke des Gewölbes auseinander; ich flog immer aufwärts zum Rathausdach hinaus, höher, höher als der Turm der Domkirche. »Ha«, dachte ich im Fliegen, »jetzt ist es um dich geschehen! Wenn du jetzt wieder fällst, brichst du das Genick oder zum allerwenigsten ein Paar Arme oder Beine! O Himmel, und ich weiß ja, was *sie* von einem Mann mit gebrochenen Gliedmaßen dankt! Ade, ade, mein Leben, meine Liebe!«

Jetzt hatte ich den höchsten Punkt meines Steigens erreicht, und ebenso pfeilschnell fiel ich abwärts. Krach! ging es durchs Rathausdach und hinab durch die Decke des Gewölbes, aber ich fiel nicht auf das Tuch zurück, sondern gerade auf einen Stuhl, mit dem ich hintenüber auf den Boden schlug.

Ich lag einige Zeit betäubt vom Fall. Ein Schmerz am Kopfe und die Kälte des Bodens weckten mich endlich. Ich wußte anfangs nicht, war ich zu Hause aus dem Bette gefallen oder lag ich sonstwo. Endlich besann ich mich, daß ich irgendwo weit herabgestürzt sei. Ich untersuchte ängstlich meine Glieder, es war nichts gebrochen, nur das Haupt tat mir weh vom Fall. Ich raffte mich auf, sah mich um. Da war ich in einem gewölbten Zimmer, der Tag schien matt durch ein Kellerloch herab, auf dem Tische sprühte ein Licht in seinem letzten Leben, umher standen Gläser und Flaschen und rings um die Tafel vor jedem Stuhl ein kleines Fläschchen mit langem Zettel am Halse. – Ha, jetzt fiel mir nach und nach alles wieder ein. Ich war zu Bremen im Ratskeller; gestern nacht war ich hereingegangen, hatte getrunken, hatte mich einschließen lassen, da war –; voll Grauen schaute ich um mich, denn alle, alle Erinnerungen erwachten mir mit einem Male. Wenn der gespenstische Balthasar noch in der Ecke säße, wenn die Weingeister noch um mich schwebten! Ich wagte verstohlene Blicke in die Ecken des düsteren Zimmers, – es war leer. Oder wie? Hätte dies alles mir nur geträumt?

Sinnend ging ich um die lange Tafel; die Probefläschchen standen, wie jeder gesessen hatte. Obenan die Rose, dann Judas, Jakobus, – Johannes, sie alle an der Stelle, wo ich sie leiblich geschaut hatte diese Nacht. Nein, so lebhaft träumt man nicht, sprach ich zu mir. Dies alles, was ich gehört hatte, geschaut, ist wirklich geschehen! Doch nicht lange hatte ich Zeit zu diesen Reflexionen. Ich hörte Schlüssel rasseln an der Türe, sie ging langsam auf, und der alte Ratsdiener trat grüßend ein. – »Sechs Uhr hat es eben geschlagen«, sprach er. »Und wie Sie befohlen, bin ich da, Sie herauszulassen. Nun«, fuhr er fort, als ich mich schweigend anschickte, ihm zu folgen; »nun, und wie haben Sie geschlafen diese Nacht?« – »So gut es sich auf einem Stuhl tun läßt, ziemlich gut.« – »Herr«, rief er ängstlich und betrachtete mich genauer. »Ihnen ist etwas Unheimliches passiert diese Nacht. Sie sehen so verstört und bleich aus, und Ihre Stimme zittert!« – »Alter, was wird mir passiert sein!« erwiderte ich, mich zum Lachen zwingend. »Wenn ich bleich aussehe und verstört, so kommt es vom langen Wachen, und weil ich nicht im Bette geschlafen.« –

»Ich sehe, was ich sehe«, sagte er kopfschüttelnd. »Und der Nachtwächter war heute früh auch schon bei mir und erzählte, wie er am Kellerloch vorübergegangen zwischen zwölf und ein Uhr, habe er allerlei Gesang und Gemurmel vieler Stimmen vernommen aus dem Keller.«

»Einbildungen, Possen! Ich habe ein wenig gesungen und im Schlaf gesprochen, das ist alles.«

»Diesmal einen im Keller gelassen in solcher Nacht und von nun an nie wieder«, murmelte er, indem er mich die Treppe hinaufbegleitete. »Gott weiß, was der Herr Greuliches hat hören und schauen müssen! Wünsche gehorsamst guten Morgen.«

>»Doch hat daselbst vor allen
> Eine Jungfrau mir gefallen.«

Der Worte des fröhlichen Bacchus eingedenk und von Sehnsucht der Liebe getrieben, ging ich, nachdem ich einige Stunden geschlummert, der Holden guten Morgen zu sagen. Aber kalt und zurückhaltend empfing sie mich, und als ich ihr einige innige Worte zuflüsterte, wandte sie mir laut lachend den Rücken zu und sprach: »Gehen Sie und schlafen Sie erst fein aus, mein Herr.«

Ich nahm den Hut und ging, denn so schnöde war sie nie gewesen. Ein Freund, der in einer andern Ecke des Zimmers am Klavier gesessen, ging mir nach und sagte, indem er wehmütig meine Hand ergriff: »Herzensbruder, mit deiner Liebe ist es rein aus auf immerdar, schlage dir alle Gedanken aus dem Sinne.«

Sie viel ungefähr konnte ich selbst merken«, antwortete ich. »Der Teufel hole alle schönen Augen, jeden rosigen Mund und den törichten Glauben an das, was Blicke sagen, was Mädchenlippen aussprechen.« – »Tobe nicht so arg, sie hören es oben«, flüsterte er. »Aber sag' mir um Gotteswillen, ist es denn wahr, daß du heute die ganze Nacht im Weinkeller gelegen und getrunken hast?« – »Nun ja, und wen kümmert es denn?«

»Weiß der Himmel, wie sie es gleich erfahren hat, sie hat den ganzen Morgen geweint und nachher gesagt, vor einem solchen Trunkenbold, der ganze Nächte beim Wein sitze und aus schnöder Trinklust ganz allein trinke, solle sie Gott behüten. Du seist ein ganz gemeiner Mensch, von dem sie nichts mehr hören wolle.« – »So?« erwiderte ich ganz gelassen und hatte einiges Mitleiden mit mir selbst. »Nun gut, geliebt hat sie mich nie, sonst würde sie auch mich darüber hören. Ich lasse sie schön grüßen. Lebe wohl.« – Ich rannte nach Hause und packte schnell zusammen und fuhr noch denselben Abend von dannen. Als ich an der Rolandsäule vorüberkam, grüßte ich den alten Recken recht freundlich, und zum Entsetzen meines Postillons nickte er mir mit dem steinernen Haupt einen Abschiedsgruß. Dem alten Rathaus und seinen Kellerhallen warf ich noch einen Kuß zu, drückte mich dann in die Ecke meines Wagens und ließ die Phantasien dieser Nacht noch einmal vor meinem Auge vorübergleiten.

Über tredition

Eigenes Buch veröffentlichen

tredition wurde 2006 in Hamburg gegründet und hat seither mehrere tausend Buchtitel veröffentlicht. Autoren veröffentlichen in wenigen leichten Schritten gedruckte Bücher, e-Books und audio-Books. tredition hat das Ziel, die beste und fairste Veröffentlichungsmöglichkeit für Autoren zu bieten.

tredition wurde mit der Erkenntnis gegründet, dass nur etwa jedes 200. bei Verlagen eingereichte Manuskript veröffentlicht wird. Dabei hat jedes Buch seinen Markt, also seine Leser. tredition sorgt dafür, dass für jedes Buch die Leserschaft auch erreicht wird.

Im einzigartigen Literatur-Netzwerk von tredition bieten zahlreiche Literatur-Partner (das sind Lektoren, Übersetzer, Hörbuchsprecher und Illustratoren) ihre Dienstleistung an, um Manuskripte zu verbessern oder die Vielfalt zu erhöhen. Autoren vereinbaren direkt mit den Literatur-Partnern die Konditionen ihrer Zusammenarbeit und partizipieren gemeinsam am Erfolg des Buches.

Das gesamte Verlagsprogramm von tredition ist bei allen stationären Buchhandlungen und Online-Buchhändlern wie z. B. Amazon erhältlich. e-Books stehen bei den führenden Online-Portalen (z. B. iBookstore von Apple oder Kindle von Amazon) zum Verkauf.

Einfach leicht ein Buch veröffentlichen: **www.tredition.de**

Eigene Buchreihe oder eigenen Verlag gründen

Seit 2009 bietet tredition sein Verlagskonzept auch als sogenanntes "White-Label" an. Das bedeutet, dass andere Unternehmen, Institutionen und Personen risikofrei und unkompliziert selbst zum Herausgeber von Büchern und Buchreihen unter eigener Marke werden können. tredition übernimmt dabei das komplette Herstellungs- und Distributionsrisiko.

Zahlreiche Zeitschriften-, Zeitungs- und Buchverlage, Universitäten, Forschungseinrichtungen u.v.m. nutzen diese Dienstleistung von tredition, um unter eigener Marke ohne Risiko Bücher zu verlegen.

Alle Informationen im Internet: **www.tredition.de/fuer-verlage**

tredition wurde mit mehreren Innovationspreisen ausgezeichnet, u. a. mit dem Webfuture Award und dem Innovationspreis der Buch Digitale.

tredition ist Mitglied im Börsenverein des Deutschen Buchhandels.

Dieses Werk elektronisch lesen

Dieses Werk ist Teil der Gutenberg-DE Edition DVD. Diese enthält das komplette Archiv des Projekt Gutenberg-DE. Die DVD ist im Internet erhältlich auf **http://gutenbergshop.abc.de**

Zeitfracht Medien GmbH
Ferdinand-Jühlke-Straße 7
99095 Erfurt, Deutschland
produktsicherheit@kolibri360.de